文芸社セレクション

里で暮らそう

準備編・導入編

高天 彦丸

TAKAMA Hikomaru

文芸社

目次

里で暮らそう　準備編

尊志、転職を考える

二宮尊志《にのみやたかし》は、都内にある大手電機メーカーの研究所に勤めている。五十二歳。妻と二人の子供とともに、都内のマンションに住んでいる。都内と言っても二十三区内ではない。都の外れに近い、とある街の分譲マンションだ。

妻は四つ下の四十八歳。職場結婚だったが、妻は職場を辞めて、今は結婚式場に勤めている。子供は、二十一歳と十八歳の姉妹。上の娘は大学三年生。国立大学に入ってくれて、ほっとしている。下の娘は、今、受験勉強の真っ最中だ。下の娘も公立の大学に入ってくれることを願っている。

と言っても、別に貧乏と言うほどのことでもない。もちろん、一介の電機メーカーの技術者が金持ちのはずはない。ただ、運良く会社の景気が良いため、人並み以上の給料を貰っているし、妻の収入も悪くはない。二人の収入で、都内のマンションでも、子供を二人育てながら、なんとかやっていけている。

ただ、問題なことがある。尊志は最近、転勤を命じられたのだ。

尊志は東北の田舎町の生まれで、高校卒業後、都内の大学に進学し、一人暮らしをしながら、運良く今の会社に就職することができた。大学は理系で、大学院まで行かせて貰えたので、今の会社の研究所に入所できたのである。それから二十八年間、研究一筋の生活を送ってきた。企業の研究所だから、商売にならないものは研究できない。当然、製品化を目指して研究しているのだが、尊志は運良く、基礎に近い分野の研究に携わることが出来た。そう、尊志は運に恵まれて、ここまでやってくることができたのだ。妻との出会いも当に運だったのだが、それは後で、ということにする。

尊志の肩書きは主幹研究員。主幹研究員というのは部長相当職だから、五十二歳で主幹研究員というのは、まあまあ順当とは言える。

尊志はこれまで、大きな失敗をすることもなくやってきた。研究の成果を製品に導入することが出来たし、学会に参加して研究会のとりまとめなどもやってきた。端から見れば、そこそこ成功の人生だと思う。

そこへ来たのが今度の異動である。まあ、あり得ないことではない。同期入社の中では、半数以上が関連会社などに転勤になっている。ただ、漠然と、このまま研究職で退職まで行くのかな、などと思っていた。まさか自分に転勤の命が下るとは思わなかった。

確かに、今、景気は下り坂だ。業界自体が下り坂だから、当然会社の収益にも影響する。それに、世の中では、いろいろな問題が噴出している。働き方改革もその一つだし、生き残りを賭けたイノベーションもしきりに叫ばれている。ＡＩの登場で、仕事が無くなるという話もある。二〇四五年にはシンギュラリティで、世の中には大変革が起こるとも言われている。

そして、人新世と呼ばれる地球の危機問題だ。人間がこれまで好き放題に行ってきた悪事を、地球がカバーしきれなくなったのだ。当然、企業活動もその影響を受けるし、人間が今の生き方自体を変えない限り、この危機を乗り越えることはできない、とまで言われている。

ただ、尊志には今一つぴんと来ない。別に、世の中を甘く見ているわけではない。世の中の大騒ぎが、我が事のように思えないのだ。

考えてみれば、大学から会社へと、特段に辛い思いをしないでやってこられた。食うに困ると言うことはなかった。その代わり、何かに夢中になって、人生を賭けるということもなかった。

（俺は、本当は、何をやりたかったんだろう？）

学校を出て、当然のように会社に入り、結婚して子供を作った。それはそれでいい。

ただそれが、ずっと続くものと思っていたのだ。

もちろん、今の仕事が嫌という訳ではない。転勤になれば、今度はより製品に近くなるので、好きな研究などしていられなくなるのは事実だ。それでも、製品開発という責任のある仕事を任せられるので、やりがいはある。もう若手ではないから、それなりに責任も重い。

ただ難を言えば、今度の職場は都外にあるから、家から通勤するのは難しい。当然、単身赴任と言うことになる。家族とは別れて暮らさなければならない。まあ、若いときは一人暮らしだったから、それほど苦にはならないのだが。

だから、転勤自体は嫌ではないのだ。

だが……ふと、思った。

（これでいいのだろうか、俺の人生）

このまま技術者として会社に勤めて、円満な定年退職をする。そして、好きな趣味にでも打ち込む。尊志は読書が好きだった。買い溜めた本も、たくさんある。それから、畑仕事も好きだ。今はマンションだから庭で野菜を作ることはできないが、そろそろ、どこかに畑でも借りて家庭菜園などやりたいと思っている。

それだけ？

（それで、俺の人生は終わりなのだろうか？）

どうも、漠然とした不満が湧いてきた。不安ではない。もちろん不安はあるが、不満の方が大きい。

（何に対する不満なのか？）

世の中に流されるだけの人生に、憤りのようなものが湧いてくる。

会社側は、当然、転勤を受けるものと思っている。まあ、人員調整的な面もあるだろうが、異動後の職場では、それなりの職位も用意してくれている。だが、そのありがたく頂戴しろ的な扱い方にも、少々腹が立ってくる。

それはそちらの都合に過ぎないではないか。こちらの都合など全く考えていない。しかし、それは当然だ。こちらは、労働して給料を貰っているのだ。そう、労働なのだ、これは。

（それならば、俺は本当の仕事がしたい）

そう思う。

仕事は労働とは違う。給料を貰おうが貰うまいが、仕事は仕事だ。自分がこの世に生を受けたその意味を求めていくのが仕事だ。偉そうなことを言うようだが、そうでなければ、人生に意味がない。

（俺は、仕事として何をやりたいんだ？）

ライフワークを見つけて、仕事を楽しんでいる人がいる。そう、仕事とは、楽しいものなのだ。自分がこの世に生を受けた意味、目的を求めていけるのだ。楽しくない訳がない。

今の仕事は……はっきり言って、楽しくない。入社したての頃は、これが俺の仕事だと思った。これで一生やっていく。そのうち仕事も楽しくなってくるだろう。

楽しい時期もあった。それは、何も考えずに、研究に打ち込めたときだ。研究の成果が認められたとき、そしてそれが製品に導入されたときには、楽しかった。生きていて良かったとまではいかないが、このまま続けていく自信が持てた。しかし……その時が頂点だった。その後は、チームリーダーになって、一応部下と呼べるような人も出来て、チーム全体の成果を考えるようになり、会社の収益のことも気に掛けるようになってくるにつれて、楽しくなくなった。

（それでは、今、俺は何をしたいんだ？）

再三、自分に問いかけてみる。だが、答えが出てこない。

何をしたいかということを考えようとすると、家族の顔が浮かんでくる。会社の同僚の顔が浮かんでくる。そして、田舎の親や親戚の顔が浮かんでくる。

その人達のことを思うと、今の仕事を辞められなくなってしまう。

まずは、収入が一番だ。家のローンもあるし、娘達は、まだ学生だ。教育費もかかる。

そして、会社で一緒に苦労している同僚のことを思うと、自分だけさっさと投げ出すようなことは、できない。そして、両親の顔。これが一番きつい。自分に期待しているだろうし、頼りにもしているだろう。なにしろ、東京で一流企業に入って、ばりばりやっている（だろうと思っている）自分を、自慢の息子と思っている両親に、はい辞めましたなどと言える訳がないだろう。

だが……

（このままでいいのか！）

もう一人の自分が叫ぶ。

何か、この状況を打ち破るきっかけでも摑めないかと、いろいろなものを調べた。求人広告はもちろん、転職サイトなども調べた。会社を休んで、自費で講習会にも参加した。

しかし……

ぴんと来るものがない。これだ、というものがないのだ。

自分は今、五十二歳。定年退職まで、あと八年。今は、定年で辞める人は希で、六十五歳近くまで働く。そう考えると、干支で言えばあとひと回りある。それまで我慢して、今の仕事を続けるか。今辞めても、退職金はそれほど貰えないだろう。自分一人だけならばよいが、家族がいるのだ。

そう自分を納得させて、無理に仕事を続けようとするのだが、一度思ったことは、なかなか頭から離れない。

（お前の人生、それでいいのか！）

（本当にやりたいことはないのか！）

悶々としながら、あっという間にひと月が経った。転勤を告げられたのが年明け早々だから、二月中には気持ちを決めないといけない。そうでないと、みんなに迷惑を掛けることになる。

それがいけない！

講習会で、よく言われる。

『今は、自分のことを第一優先に考えなさい。本当に自分のしたいことが見つかれば、お金や人間関係など、なんとかできるものです』

極端だが、そうなのだろう。

会社でも、家庭でも、この心の葛藤の影響が出てきている。

最近元気がないな、とよく言われる。

「悩み事でもあるの？」

妻に聞かれるが、思い切って言い出すことが出来ない。

会社を辞めるなんて言ったら、きっと妻は悲しむだろう。住宅ローンは、教育費は、どうするのよ！　そう言われるに決まっている。

そんなことを悶々と考えていたある日、久しぶりに早く帰った夕食の食卓で、妻が言った。

「会社、辞めてみたら？」

「え？」

「辞めたいんでしょ、会社」

「どうして、そうわかる？」

「何年連れ添ってきたと思ってるの。あなたの気持ちなんて、お見通しよ。だって、今の仕事、あなたに向いてないもの」

「え？　そうか？」

「そうよ。あなた、何かやりたいんでしょ。何かこう手応えのあるような仕事。昔のあなた、そうだったもの。でも、今の会社にいたんじゃ、やりたい事なんてできないわよね」

図星だった。しかし……妻は、こんなに物わかりが良かっただろうか？

昔を思い出す。

妻の名前は悠里《ゆり》。悠里とは、同じ会社の同期入社だ。ただ、向こうは短大卒、こちらは院卒だから、四歳の差がある。向こうは勤労課で、当時は美人社員だった。だから、同期結婚のときには大層うらやましがられたものだ。結婚したのは入社六年目。新婚旅行はヨーロッパだった。結婚と同時に妻は退職した。理由は、早く子供が欲しかったためだ。

当時は、尊志が三十歳、悠里は二十六歳になっていた。今の世相から見れば、結婚はまだ早いと言われるかも知れないが、早く子供を産んで、その後は好きな仕事をやりたい、というのが悠里の希望だった。子供は女の子がいい。男の子は育てるのが大変だし、他の女に取られるくらいなら、男の子なんて産まない方がまし、というのが悠里の持論だったので、理想通りに事が運んだと言ってよい。

結婚した翌年に長女が生まれると、三年後に次女が誕生。小学校に上がるまでは子育てが大変だったが、結婚退職して十年後に、悠里は再就職を果たした。なんと、結婚式場のコーディネータらしい。よく、そんな職にありつけたものだと聞くと、子供の頃からの夢で、結婚してからは密かに勉強していたのだという。なんと資格まで取っていた。なんの資格かは未だにわからないのだが。

そのようなことを瞬時に思い出した尊志だった。

「いいのか？」

「なにが？」

「俺が会社辞めても」

「うーん、正直厳しいけど、まあ、なんとかなるんじゃない？　親も元気だし」

「ローンと教育費は？」

「今までの蓄えと、わたしの給料でなんとかなると思うわ。退職金も出るんでしょ。ただ、舞里《まり》が国立大に受かってくれればいいんだけど」

舞里とは次女の名前である。

「そうか……」

「で、もう決まってるの？　新しい仕事は」

「いや、まだ」

「でも、早く決めないとまずいんじゃない。うかうかしてると転勤になっちゃうわよ」

「そうなんだけどな……」

「まあ、そういうことで、なんとかなるから、あなたは自分のことだけ考えなさい」

なんとまあ、よくできた妻だろう。いつからこんなだった？　たぶん十年前だったら、こうはいかないだろう。計画通りに子供を産んで、育てて、希望の仕事にありつけたから、こうなったのだろう。そう考えると、妻にとっては、今が一番充実している時なのだ。

よくできたというよりも、自立したと言った方が良いのかも知れない。

しかしそうすると……妻も会社を辞めて、家族で遠くへ引っ越しということは難しい。やはり別居という形になるだろう。娘達も、今の家から通学するのが一番良いだろう。第一、娘達に、東京で一人暮らしをさせる余裕はない。

別居という考えが現実的な解ということになって、尊志の選択肢が広がった。気が少しは楽になった。

そうなると、ネットの転職情報も、次第に目に入るようになってきた。

「世の中には、いろんな仕事があるもんだなあ」

いつ頃からだろうか、『仕事』というものについて、哲学的なことを考えるようになった。

世の中が農耕社会になり、分業の効率性が理解されるようになってきて、食料を収穫する以外の仕事が認識されるようになった。昔は、お金は物と物との交換のために使われていたから、生産者と消費者の顔が、お互いによく見えていたに違いない。それが、金融業が発達して経済が世の中を支配するようになると、いったい誰のために仕事をしているのか分からなくなってきた。

仕事は、自分のためだけではなく、誰かのためにするものなのだ。それだから、食料を作らなくても食っていけるのだ。お互い様なのだ。

そんなことを考えながら、仕事の合間にネットを調べていると、

「おや？」

ちょっとおかしな広告が目に留まった。

『里で暮らそう』

という呼びかけの後に、

『農地付き賃貸住宅　二〇〇坪、家賃月三万円』

という文字が目に入った。

二〇〇坪？　月三万円？

そんな莫迦な！

いくら賃貸でも、二〇〇坪で月三万円は安すぎる。

何か裏があるに違いない。

スクロールすると、広告主の名前が出てきた。

『風和村』

とある。

（風和村？　公営か？　でも聞かない名前だな。一体何処にあるんだ？）

住所は書かれていない。代わりに、場所が書いてある。

山梨県と埼玉県の境にある山中。

（山中だって？）

普通、宣伝するときは山中などとは書かない。せいぜい、何処そこから車で何分とか書いてあるのが普通だ。それが、露わに山中と書いてある。これではもう陸の孤島のような山の中で決まりである。

隣の家が見えるのに、行くのに三時間もかかるような所だ。

まあ、正直と言えば正直である。

だが、そうだとすると、この村に行くのに一日はかかるだろう。

出来れば都内での仕事を考えていたので、これでは難しい。

「これも駄目か」

終了を押そうとして、次の文字が目に入った。

『説明会を実施します。興味のある方は、お気軽にお越しください』

説明会の場所は、なんと我が街の公民館だ。

(直ぐ近くじゃないか?)

終了を押す手が止まった。

家の直ぐ近くで就業説明会がある。いや、就業ではない、これは賃貸住宅の説明会だ。

すると、仕事は別に探さなければならない。でも、こんな山の中で、仕事なんかあるのだろうか。

(ああ、だから農地付きなのか。でも、このぐらいの坪数だと農業じゃなく家庭菜園だ。そうか林業か!　でもなあ……)

林業などどうやっていいのか見当もつかない。もちろん、教育はしてくれるのだろうが、この年で今更、林業というのも、どうかと思う。

(やっぱり無理か……いや待て!　説明会だけでも行ってみるか、ダメもとで。これ

は縁なのだ。退職後は縁を大切にしなければならない、と本に書いてあった）
「よし！」
声が大きすぎた。職場の皆が尊志を見る。お、やる気になっているな、という目だ。
いや、そうじゃなくて……とも言えず、仕事に集中している振りをした。

風和村就業説明会

説明会は金曜日にあった。だから、尊志は休みを取った。この歳だから有給休暇は十分にある。ただ、こういう時のために有給休暇を使うことは、ほとんどない。

公民館に行くのも初めてである。考えてみれば、この街に住んでいるのに、この街の公民館に行ったことがないというのも、おかしな気がする。

しかし、なぜここで遠くの村の説明会などやるのだろうか。関係がわからない。村の説明会だから公の施設を使う、というところまでは分かるのだが……。

十時十分前に指定の部屋に入った。登録はしていない。お気軽にお越しくださいというので、お気軽に来てしまった。どうせ話を聞くだけだ。

部屋には三十人ほどの人間がいた。これは少ないのだろうか多いのだろうか、分からない。あんな山の中の、それも住宅の説明会だ。平日で、これほどの人が来るというのは、やはり多い方なのだろう。

だが……

スクール形式の机に座って前を向くと、ホワイトボードに、

『風和村　就業説明会』

と書いてある。

（就業？　仕事に就くのか？　俺は住宅の話を聞きに来たんだが……）

周りを見ると、定年後らしい年配の人もいれば、二十代と思われる人もいる。女性も見える。

（まあ、いいか……ひやかしに来たんだし……）

時間が来た。

背広を着た、風采の上がらない、還暦を越えたような人が現れた。

お辞儀をして眼鏡を掛ける。机の上にあった紙をひととおり見て、その紙を置き、眼鏡をはずして、ごほんと咳をして、また頭を下げる。

今度は、こちらも頭を下げた。

静寂が部屋を包み込んでいる。

まず一声を発した。ちょっと甲高い。

「えー……」

「わたくしは、風和村役場助役の権藤栄作《ごんどうえいさく》と申します」

（助役？　この人が？　助役と言えば役場のナンバー2ではないか。説明会なんて、良くて課長ぐらいが来るんじゃないのか？）

「本日は、お忙しいところ、我が風和村の就業説明会に参加いただきまして、まことにありがとうございます」

一番前に座ったご婦人が、さっと手を挙げた。質問はまだ早すぎると思うが。

「すみません。説明の前に確認しておきたいんですが。これは就業説明会ですか？　わたし、賃貸住宅の説明会で来たんですけど」

（おお、そのとおりだ！）

周りの人も、うんうんと頷いている。

「あー、確かに広告には、賃貸住宅とありましたが、もちろん、住宅の説明会ですが、同時に、就業の説明会でもありますので」

「それはなにか？　就業しなくちゃいかんということかな？」

年配の白髪頭の男性が、声を上げる。

「いや、そういうことではないのです……ただ、風和村では就業も現在募集しておりまして、できれば、就業と住宅を込みで考えていただければ、と思いまして」

「ああ、そういうことか……」

男性は納得したらしい。まあ、聞きに来ただけのようだから、それほど気にしないと言うことだろう。

だが、それは尊志にとって、もってこいの話ではないか。就業と同時に住宅も確保できるのだ。もっとも、どんな仕事に就けるのかが問題なのだが。

「えー……」

仕切り直しというらしく、また一声を発した。

「では、さっそく説明に入らせていただきます」

そう言って、権藤助役は、尊志にとっては運命とも言える説明を始めたのである。

一、いのちを育む里づくり

「現在、風和村では、いのちを育む里づくりを推進しております」

「え?」と言う声が上がった。尊志も驚いた。賃貸住宅の話ではなく、村の理念から始まるのか?　という「え?」だ。だが、その「え?」の続きはない。皆、まあ聞いてみようということなのだろう。

「いのちを育む里づくりと言っても、言葉ではなかなか説明しきれませんので、図を使いながらお話しさせていただきたいと思います」

（おいおい、これは講演会なのかい？　早く住宅の話と仕事の内容を聞きたいのだけれど）

そう思ったが、声は上げない。できれば目立ちたくない。下手に何か言うと、逆に質問されるのが落ちだ。それが嫌で尊志は講演会が好きではない。

いや、そもそもこれは講演会ではない。

権藤助役は、手元のリモコンのスイッチを押した。同時に、前方のホワイトボードの上からスクリーンが下がってきて、天井からプロジェクターが下りてきた。電動収納式だ。その上、窓側のカーテンが閉まりだした。

（すごい、最新式の設備ではないか。都内とは言っても、こんな地方の街の公民館に、これほどの設備が必要なのか？　もっと他に金の使い道があるんじゃないのか？　といっても、視察旅行と称して温泉旅行にでも行かれるよりは、よほどましな使い道だけど）

部屋の明かりは、手動で消した。

スクリーンに表題が映る。（Ｐ３３８から掲載しています）

『いのちを育む里づくり』

と同時に、権藤助役は持参した風呂敷包みを開けると、印刷物を取り出して配り始めた。

「スライドと同じ物を印刷してきました。是非、ご一読いただければ幸いです」

（そうは言うけれど……でもまあ聞くだけでいい。ああ、この資料には連絡先なんかが載っているのか）

「さて」

と言って、権藤助役は手に持ったポインターを操作した。画面が切り替わる。

「現在、地球的な規模で政治的、経済的、かつ文化的に大きな変革の波が押し寄せてきております。それは、グローバル資本主義の限界、ナショナリズムの台頭、地球規模での温暖化といった全地球的な問題に加えて、少子高齢化や地域間格差、所得格差などの社会問題の顕在化、さらに働き方改革やＡＩの出現による就業不安といった、個人生活に関わる大きな社会環境の変化までが、同時に起こっているためであります」

（どうしたんだ、急に難しい話が始まったぞ。それはそうだが、それも大事だが、俺は転職で頭がいっぱいなんだ）

だが、それはそれで非常に重要なことなので、尊志は資料の、その箇所に赤線を引いた。

「この、時代の変化を乗り切るためには、市場原理に支配された都市とは切り離した、地域の自立が必要であります。この目的のために、我が風和村は、いのちを育む里づくりによる新しい生き方を提案するものであります」

段々、候補者演説っぽくなってきた。皆はどうなのかと、ちらりと周りを見回したが、皆、ぽかんと口を開けている。だが、聞いていないわけではない。入り方が唐突すぎるのだ。

要するに、新しい生き方を提案するということだろう。いのちを育むような生き方を。それは尊志にとって、もってこいの話だ。まさに転職というのは、生き方を変えることだ。生き方を変えるのだから、もうサラリーマンとして会社に使われるのは嫌なのだ。できれば、自分で仕事を持ちたいと思っている。だが、それにはなかなか勇気が要るのだ。

「したがいまして、この『いのちを育む里づくり』というテーマは、当に時代が要請しているテーマなのであります。そこで、この里づくりに、皆さんに是非参加いただきたいと思う次第であります」

なるほど、そこに行き着くのか。つまりこういう事だ。風和村では、住民が新しい生き方を実践することで、市場原理に支配されない、いのちを育む里づくりを行っていこうということなのだ。そのために、われわれに、風和村の住民になってもらいたいということなのだ。だから、農地付きの住宅を月三万円で提供もするし、仕事も斡旋するという訳なのだ。

（しかし、いのちを育む里づくりって、いったいどんな里を作るのだ？　新しい生き方って、どんな生き方なんだ？）

尊志は先が聞きたくなってきた。

「皆さん、驚いておられるようですが、無理もありません。わたしも最初、これを聞いたときには我が耳を疑いました。それほど現実離れした内容だったのです」

（ということは、これは権藤さんの考えではないということだ。いったい誰の考えだ？　誰から聞いたんだ！）

「じゃあ誰の考えだと、皆さん思っておられると思います。二宮さん、いかがですか？」

突然指名された。

「え、いや……まあ……そうです」

権藤助役は満足げに頷いた。

（なんで唐突に名指しするんだ！　それに、なぜ、俺なんだ？）

「実は、この考えは、村長の考えであります。村長がまだ村長になっておられないときに、突然聞かされました。その時わたしは……いや、話を先に進めましょう。そうでないと、今日中に説明が終わりません」

（そんなに説明に時間が掛かるのか？　これはだめだ、もう退出しようか？）

と思ったが、それでは権藤助役が気の毒なので、ここは留まることにした。

（これがいけないのだ。こうやって、他人のことばかり気に掛けるんで、俺は偉くなれなかったんだ。まあ、出世などどうでもいいことだけど……だが、そのほうがいいと、妻は言ってくれるのだが）

「すみません、二宮さん。話を先に進めます」

（わかったけど、何故俺なんだ？）

「さて、いのちを育む里というのは、どのような里でしょう。その前に、何故、里なのかをご説明しましょう」

（そうだ、何故、村じゃなくて、里なのだ？）

ページが切り替わった。

「この里という言葉は、都市に対する里という意味を持っています。すなわち、都市と対比しての里、ということです。

都市から地方を見た場合、通常、地方とか地域とか農村とかいう呼び方をします。しかし、この呼び方は、都市を主体とした呼び方であって、正しい呼び方とは言えません。

地方という呼び方は、明らかに都市が中央という意識があります。また農村と言えば、都市に食料を供給するための所という意味が強いでしょう。地域にいたっては、どこを指して言っているのか、よくわかりません。都市だって地域の一つなのですから」

（なるほど、もっともなことだ）

「そこで、地方や農村、地域ではなく『里』を定義して、『都市』との役割分担を明確にしよう、そういうことです。その上で、里と都市を切り離すのではなく、異なる原理で成り立つ生活の場として、両者を関係づけることが大切です」

（なるほど、里と都市の役割分担を明確にするのか……しかし、役割分担なんてあったのか？　そもそも都市と農村の間に……）

「さて、そこで『いのちを育む里』の定義ですが」

そう言って、権藤助役はページをめくる。

スクリーン上に『いのちを育む里』の定義三箇条が現れた。

一つ……人が命の危険に晒されることなく、健康的にも文化的にも、そして経済的にも安心して暮らしていける場所

一つ……自然との関わり合いの中で、子供を安心して育てていける場所

一つ……都市での暮らしに疲れても、あるいは仕事に失敗しても、人生の再起が図れる場所

これを、権藤助役は声に出して読んだ。

「特に、二番目の子育てですが、本当に生きていく力というものは、自然との関わり合いの中でしか育まれない……というのが、村長の持論であります」

尊志にとっては、三番目の方が一番うなずける。

(そのとおり、俺は都市での暮らしに疲れて、田舎で人生の再起を図りたいのかもしれない。いや、田舎ではなく、里でだ)

「ここで、里と都市との性質を比較してみましょう」

ページをめくると、里と都市の比較が、簡単な図で表現されている。

円と長方形のペアが二つ、並んでいる。

左側が里、右側が都市だ。

里の円には、赤の太字で『いのち』と書かれている。一方、都市の円には『精神』と書かれている。

そして、この図の下に、格言のような文が書かれている。

『里はいのちを育み、都市は精神を養う』

権藤助役がポインターで、この文を指して言う。

「里はいのちを育むもの、そして、都市は精神を養うもの、という役割分担を定義します」

（うーん……里はわかるが、都市が精神を養うというのは……よく解らない）

尊志は首を捻った。それを見ていたのか、権藤助役は待ってましたとばかりに、説明を始めた。

「今からおよそ百年前のドイツの哲学者でシュペングラーという人がいます。この人は、みなさんご存じのカントやヘーゲルほど有名ではありませんが、いや、かなりマイナーな人だと思いますが、『西洋の没落』という書を出しました。

図面の右に、

シュペングラー『西洋の没落』

という文字が現れた。

資料を見ると、なるほどその書名が載っている。

ところが、その下に、

中野剛志『日本の没落』

と書いてある。

（なに？　日本も没落するのか？）

「資料を見られている方はお気づきと思いますが、これからの説明は、中野剛志さんという方が二〇一八年に出された『日本の没落』という書をベースにしています」

図面の横に、さらに、

中野剛志『日本の没落』

という文字が現れた。

「つまり、中野剛志さんが、シュペングラーの『西洋の没落』を解説しながら、『日本の没落』に警鐘を鳴らしているわけです。大変面白い書物ですので、みなさん是非一度読んでみてください」

権藤助役は、ここで一呼吸置いた。さあ、これから説明を始めるぞという合図だろう。

「シュペングラーは、『存在』を『現存在（現にあること）』と『覚醒存在（目覚めていること）』とに区別します」

里の円の中に『現存在』、都市の円の中に『覚醒存在』の文字が現れた。

「現存在は生命・生活を基盤とし、覚醒存在は知能・思考を基盤とする存在であります。

例えば、植物はそこに在るだけ、つまり覚醒存在のない現存在です。これに対して動物は、その感覚を周囲の世界に対して広げ、活動しようとする覚醒存在でもあります。

一般的な動物であれば、現存在と覚醒存在とは一体であり、その間に齟齬はありません。

ところが人間の場合には、この二つの存在に齟齬が生じます。それは、人間が思考する存在だからです。

つまり、動物は単純に生きているのであって、生活について思考しない。覚醒存在は、現存在に仕えています。

しかし、人間の場合、覚醒存在は現存在を支配しようと欲します。

言葉を換えて言えば、本来であれば知能は生命に仕えるべきものなのに、人間に限っては、知能が発達し過ぎて、生命を離れて、一人歩きをしてしまった、ということなのです」

ここで、権藤助役は皆を見回して、『どうです？　わかりますか？』という表情をした。

何人かは頷いている。それで分かったのだろう。

（え？　今の説明で分かったのか？　それは大したものだ。これは当に哲学だ。存在論とでも言うべきか。こういう話は嫌いではない。しかし、これが、里づくりにどう関わるのだ？）

「この知能の一人歩きのお陰で、文化が生まれ、文明へと発展しました。

その変化は、農業と共に生じました。

すなわち、農業という営みが生じたことで、人間の中で、現存在と覚醒存在の間に葛藤が生じ、そして文化が生まれ、文明に発展した。そういうことなのであります」

（なるほど、農業が契機になっているのか）

「ただ、シュペングラーは知能の暴走が文明を没落させるとも言っています。今、都市は知能が一人歩きし、そして暴走している状態です。そして、いずれ、それは文明の没落に繋がっていきます」

（なるほど、それが西洋の没落か……うん？　結局は人間の知能が文明を没落させるということか？）

「そうです。人間が知能を発達させたお陰で文化が生まれ、それが文明に発展した。これを表しているのが都市の発達です。すなわち、都市は当に覚醒存在の賜物と言えるのです。

一方で、都市に対する地方、いわゆる農村は、現存在的である、と言って良いでしょう」

（うんうん、ここまでは理解した。しかし権藤さん、すごいな。これを完全に理解しているとは）

「しかし、このまま知能が暴走していけば、都市文明は没落する運命にあります。それが当に今、様々な問題となって世の中に噴出しているのです。では、この没落を食い止めるにはどうしたら良いでしょう」

権藤助役は、ここぞとばかりに皆を見回した。

「もっとも、農村に住む人達から見れば、都市が没落するのはしかたがない。それが人間の本質なのですから。しかし、これが農村にも影響を及ぼし始めた。地方の過疎化の問題、少子高齢化、温暖化なども当にそうです。都市が勝手に没落するのはしかたがない。しかし、そのとばっちりを食らって農村まで没落するのは、たまったもんじゃない！」

権藤助役は拳で机をどんと叩いた。皆、飛び上がった。目が爛々と輝いている。

（おお！　権藤さんが怒っている。なかなか情熱的な一面もあるんだな）

風采が上がらない田舎者、という評価を尊志は撤回し始めた。

「失礼しました。つい、ひとりで盛り上がってしまいました。村長には釘を刺されていたのですが、わたしの悪い癖でして……」

笑いが起こった。

「いや！　悪くない。その怒りがなければ、世の中は変わらない！」

白髪の年配の男性が声を掛けた。

「ありがとうございます。そう言っていただけると、助かります」

権藤助手は手ぬぐいで額の汗を拭った。

「それでは、ちょっとまとめさせていただきます。

地方あるいは農村を表す『里』は、現存在すなわち『生命』が基盤になっています。

一方、『都市』は覚醒存在、すなわち『知能』が基盤になっています。この違いが、里と都市との性質を分けているわけです」

　画面の長方形の中に、幾つか単語が現れた。

里の長方形の中には、「持続、循環、共存、文化」という単語が現れた。

都市の長方形の中には、「変化（成長）、進化、競争、文明」という単語が現れた。

それぞれ四つの単語が、里と都市の性質を対比させながら、その違いを表しているのだろう。

「これらの性質の違いが、里と都市とを大きく分けております。ところで、都市の性質を最もよく表している社会的なしくみといえば、何だと思われますか？　二宮さん」

（また来た！　なんで……）

「え、えーと……そうですね……経済……ですか？」

「おお、すばらしい！　そのとおり、経済ですね。特に今は、暴走するグローバル経済が、都市の性質を最も良く表しています」

　都市の長方形の横に、経済という文字が現れた。

　皆が尊志を見ている。尊敬のまなざしだ。だが、尊志にとっては、誘導質問としか思えない。

「では、農村の性質を表しているのは何でしょう？　そこの方」

権藤助役は、一番前に座っている中年の女性を指差した。

(なんで俺のときには名前で呼んで、この人は名前で呼ばないんだ？　それよりも、権藤さんは、なぜ俺の名前を知ってるんだ!?)

「もちろん、農業です！」

彼女は断言した。

「そのとおり！　ですが、われわれは農業ではなく、農と呼びたいと思います。農業だと、お金を稼ぐための手段、すなわち経済の一部ということになってしまいます。そうではなくて、人が生きていくための営み、という意味での農です」

里の長方形の横に、農という文字が現れた。

「なるほど」

女性は、うんうんと頷いている。

(すごいぞ権藤さん、聴衆の心を摑んでいる……しかし、これは講演会ではないんだがなあ……)

「これらの単語の意味は、みなさんおわかりとは思いますが、簡単に説明いたします。まず、里は持続という性質なのに対して、都市は変化、しかも上向きの変化である成長という性質を持ちます。

昨今、持続可能性、サステナビリティという言葉をよく耳にしますが、安定した状態が持続する、ということであります。農では、季節、季節の作物が安定に収穫でき、それが来年も、そして再来年も続くことを願います。これは、農というものが一年単位で循環するものであることと深く関係しています。さらに農は、自然との共生、そしてコミュニティの人達との共存がなければ、持続することは出来ません。

一方、都市を支える基盤である経済はというと、成長することが基本原則でありま す。つまり、経済というものは将来の成長を担保することによって成り立つものであり、成長を可能にするのが進化であり、実現させる駆動力が競争ということでありま す。イノベーションもまた、進化の形態ですね」

権藤助役は、長い説明の後に一呼吸を置いた。

(しかし、よく、これだけ長い説明を一息に出来るものだ)

尊志は感心する。

「このように、里は農を基盤にして持続していくものである、ということです。一方、都市は、知能の暴走によって都市の基盤である経済自体が暴走しているわけですから、これを食い止めるにはどうすれば良いでしょう？」

権藤助役は皆を見回す。しかし、声を上げる者はいない。最後に、権藤助役の目は尊志の所で止まった。期待に、きらきらと輝いている。

（来た、来た……しかし、それが分からない。でも、何か言わないといけないんだろう）

「そ、そこに精神と書いてあるから、精神なんじゃないんですか」

権藤助役の顔が、ぱっと輝いた。

「さすがです！　まさに、そのとおり！」

権藤助役は拍手をした。

つられて皆も拍手をした。

尊志は、恥ずかしくなって下を向いた。

「アダム・スミスという人が、あの有名な国富論を出す前に、道徳感情論という書を出しています。その中で、調和のある社会を実現するためには、個人の自己愛や利益の追求に加えて、「共感」が必要だと言っています。すなわち、他人と共感する心、精神が社会の暴走を食い止めるのだと言っているわけです。しかし、今のままの精神ではだめです。共感できるよりよい精神を養うことが大切です。人が都市で精神を養い、共感する心を持ったときにこそ、都市の没落は食い止められるのです。これは、里でも同じことです。ただ、里は没落に向かってはいませんので、経済の暴走に巻き込まれないようする、ということが肝心です。そのためには、経済原理ではなく、いのちを原理とした里を作っていかなければならない。これが、いのちを育む里づくりなのです」

権藤助役は一気に話して、ほうと息を吐いた。

（すごい、まるで大学教授のようだ。もしかしたら権藤さん、大学教授だったんじゃないか？　だが……権藤さんの言っていることが、分かったようで分からない。たぶん、理解できていないんだろう）

「みなさん、こんなこと今まで考えたこともなかった、と思われているでしょう。でも、構いません。こんなこと、普通に生活していれば、考えるものではありません。でも、これからは考えましょう」

皆は、おずおずと頷いている。

頷けるが、諸手を挙げて賛成とまではいかない、というところだろう。

しかし、権藤助役は、そんな反応には一切お構いなく先を続ける。

「さあ、ここまで来れば、もう一息です。一緒に頑張りましょう！」

と、ガッツポーズをする。

「しかし、その前に、ちょっと休憩したいと思います。この後は、十一時十分から始めます」

権藤助役は深くお辞儀をして、部屋を出て行った。

あちこちからため息が聞こえる。

尊志は腕時計を見る。

(もう十一時だ。でも、資料は……何？　まだ最初の四ページじゃないか！)

資料はかなりの厚さだ。十五ページある。

(これでは本当に一日がかりになりそうだ。もう一息と権藤さんは言ったけど、全然一息じゃないぞ、これは)

尊志も大きく息を吐いて、席から立ち上がった。そのままトイレに行く。

トイレでは、例の白髪頭の年配の男性に挨拶された。

頭を下げただけだったが、やけに丁寧に頭を下げられた。だから尊志も、丁寧に頭を下げた。こんなお辞儀の仕方をするのは、本部長の部屋に入るときぐらいだ。

二、風里農芸共資祭和

十分後、権藤助役の説明が再開された。

ただし、これはあくまでも説明会であって、講演会ではない。参加者は賃貸住宅の説明会に来たのだ。人間存在の哲学を聞きに来たのではない。

（しかし、なかなか面白い）

尊志もまた、今日の講演？　の様な事は、今まで考えたことはなかった。だが、聞いていると頷けることも多い。

「さあ、続きをはじめましょう」

権藤助役は、さっさと部屋に入ってきて、また深くお辞儀をすると、さっそく切り出した。

「みなさん、どなたも帰られておりませんね。結構結構」

（結構なものか！　早く本題に入らないと、帰るぞ！）

尊志は目で意志を示した。それを共感と思ったのだろう、権藤助役はにっこりと微笑んだ。

「ここまで、里と都市との性質の違いから、里と都市の役割分担の必要性をお話ししてきました。すなわち、里の役割はいのちを育むこと、そして都市の役割は精神を養うことであります。さて、我々にとって肝心なのは、いのちを育む里づくりをどのようにして進めていくかということです」

画面には、いのちを育む里の定義が再び現れている。

一つ……人が命の危険に晒されることなく、健康的にも文化的にも、そして経済的にも安心して暮らしていける場所
一つ……自然との関わり合いの中で、子供を安心して育てていける場所
一つ……都市での暮らしに疲れても、あるいは仕事に失敗しても、人生の再起が図れる場所

「前の時間では、里は農を基盤にして成り立つ、ということをお話ししました。すなわち、いのちを育む里づくりの基盤となるのが、『農のある暮らし』なのです」

そう言って権藤助役は、次のページをスクリーンに映した。

画面には、

『農のある暮らしを基盤とした里づくり構想』

と書いてある。

その後の文章を、声を上げて読んだ。

「農のある暮らしとは、生活の一部として農を取り入れ、健康的な自給生活を実現し、仕事として産業に従事し収入を得ることで、社会的で文化的な暮らしを営むこと、であります」

権藤助役は皆を見回した。

「おわかりいただけましたか？」

（なんだ、それって兼業農家じゃないか）

「はい。昔から言われている兼業農家ではありません」

（え？）

「守田志郎という人が『小農はなぜ強いか』と言う書で、こんなことを言っています」

また、下に文が現れた。赤の太文字だ。よほど大事な言葉なのだろう。

『農とは生活である。産業でもなければ企業でもないし職業でもない。耕す、という事がもたらす収穫物で生活するのが、農である』

「従って、兼業とか専業とかいう分け方自体がおかしいのであります。ただし、学校に行ったり病院に行ったりと、現代の社会ではお金が必要になります。そういった社会生活に必要な収入を得るために、外に働きに出るというのは、これは当然のことなのです。それこそが農というものの特徴でさえあります」

（うーん……そのとおりだ。俺もそう思う）

「この言葉は、いのちを育む里づくりの基本信条です。よく覚えておいてください」

（おお、マインドセットというやつか）

「この、農を生活の基盤とした暮らしは、日本の各地で古くから営まれてきた暮らしに他なりません。しかし、農業社会から工業社会、資本主義社会へと続く時代の変転の中で、昔ながらの農のある暮らしが成り立たなくなりました。そして、お金を稼ぐ農業へと変わっていったのです。いのちを育む里づくりは、今後到来する情報社会・知識社会を見据えて、農のある暮らしを再構築しようという試みでもあります」

次のページが映った。

「農のある暮らしは、

・自然との共生による、健康的で人間的な生き方

・市場原理から切り離された、自給自足の生き方
・個人それぞれの夢を追求し実現する生き方
を可能にします」

「おお！」

と言う声が、あちこちから聞こえる。確かに、こんな生き方ができるのであれば、何も言うことはない。しかし、そんな生き方が本当に出来るのだろうか？

「そんな生き方、できるんですか？」

案の定、声が上がった。

「できると思っています。そのための基盤づくりが、いのちを育む里づくり、ということなのですから」

「うーん……」

みな半信半疑である。無理もない。そんな理想的な生き方ができるのであれば、とっくの昔にしているからだ。

「しかし、みなさん。何事もそう簡単に実現するものではありません」

（そら来た！　大体いつもこうやって盛り上げておいて、結局は、現実は厳しいと言って断念するんだ。せっかく権藤さんを信頼し始めていたのに……）

「お釈迦様が、仏となるために必要な八つの道を説かれたように、いのちを育む里づくりにも八つの知恵が必要であります」

次のページに、八つの知恵が現れた。

一、風土
二、里山
三、農
四、民芸
五、共同体
六、社会的共通資本
七、祭り
八、和

「それぞれの説明は後にして、この八つの知恵からとった八文字、『風里農芸共資祭和』を冠した、『風里農芸共資祭和村』が、風和村の正式名称です」

（な、何!?　風和村の正式名称だと？　もう一度言って欲しい。聞き逃した！）

そんな皆の気持ちを察したのか、権藤助役は大声で叫んだ。

「風里農芸共資祭和！」

スクリーンにも大きな太い赤文字で現れた。

「さあ、皆さんご一緒に！」

「風里農芸共資祭和！」

部屋の中に大きな声が響き渡った。公民館の職員が驚いて、後ろのドアから顔を出した。

「ああ、磯川さん、大丈夫です。なんでもありません」

権藤助役は職員に笑顔で叫んだ。

「そう、この名前こそが風和村の正式名称です。八文字の最初と最後を取って、風和村となったわけです」

ここで、奇しくも風和村の縁起を聞かされるとは、誰も思わなかっただろう。しかも、権藤助役のうまい誘導で、唱和までしてしまったのだ。

「昔、『新八犬伝』という人形劇をテレビでやっていましたが、その中に、仁義礼智忠信孝悌という八文字がありまして、これは人間としての徳を表す八文字なのですが、物語を見ている内に自然に覚えてしまったものです。ですから、これは忘れません。風里農芸共資祭和も、こうありたいものですね」

あまり頷く人はいなかった。そもそも、『新八犬伝』なんて知っている人がこの中で何人いるだろう。尊志も、そんな人形劇は知らない。

「さて、この八つの知恵については、ひとつひとつ説明していると、とても一日では終わりませんので、これは宿題としたいと思います」

（しゅ、宿題？）

「皆さんの資料の次のページから一枚ずつ、八つの知恵の主旨と参考書を載せてありますので、風和村の里づくりに参加したいと思われる方は、次回の説明会までに、この参考書の一つでも結構ですので、是非読んできていただきたいと思います。次回は……」

「ち、ちょっと待ってください！」

尊志は、思わず声を上げてしまった。

「なんでしょう、二宮さん」

「あの、次回があるとは思っていませんでした。それに、賃貸住宅の話はどうなったのでしょう」

そうだ、そうだ、と言う声が、あちこちから上がった。

「あ、そうでしたね！　でも、ご安心ください。三〇〇坪で三万円は、間違いありません」

「え？　二〇〇坪、三万円じゃないんですか？」

主婦が叫ぶ。

「あー……そうでしたか？」

権藤助役は、手元にあるパンフレットに顔を近づけた。

「あ、すみません。三〇〇坪の間違いです。まあ、でも、正味、二〇〇坪という所ですかね」

「おい！　大丈夫か！」

白髪の年配が叫ぶ。

「大丈夫です。ご心配要りません。三〇〇坪三万円です」

「それで、次はいつ、何処でやるんですか？」

二十代と思われる若い男性が声を上げる。ジーパンにトレーナー姿だ。

「ああ……次は、二週間後に、風和村役場で実施します。皆さんに実際に住んで生活していただく場所を見ていただいて、決めていただきたいと思いますので」

「何を決めるんですか？」

　尊志が叫ぶ。

「もちろん、移住です」

（ああ、そうだった。これは住宅説明会だった）

「二週間で参考書を買って読むのは、無理です」

　ジーパンの若者が言う。

「はい、そのために参考書を用意してあります。お昼休みの後に、参考書の読み方というか、その言わんとしているところを簡単に説明したいと思いますので、みなさん帰らないでください」

「え？」という声が、またあちこちから上がった。

（これで終わりと思っていたら、なんだ、やっぱり午後もあるのか……でも、参考書を用意したと言っていたから、無料でくれるのだろうか？　だったら午後まで居ようか……でも、昼飯を何処で食べようか……このあたりだとレストランもないし……）

「あ、そうそう、このあたりにはレストランが在りませんので、昼食に弁当を用意してあります。では、午後の部は十二時四十分から始めます。なあに、この分だと、二時前には終わりそうです。皆さん優秀な方ばかりで、助かりました」

そう言って、権藤助役は部屋を出て行った。

壁の時計を見ると、ちょうど十二時だ。

(優秀な方って、ほとんど権藤さんが一人で喋っていたじゃないか。おとなしく聞いているのが優秀ってことか？　いやいや、そんな風に考えてはいけない。権藤さんはみんなの顔をじっくり見ていた。俺の顔も見られたからな。名前まで呼ばれたし。それで、皆の顔には理解が表れたということだろう。あるいは、例の共感の印でも現れたのかもしれない。とにかく、権藤さんには手応えがあったのだ)

権藤助役を理解しようと努める自分を見て、尊志は驚きの念に打たれた。

(俺は、権藤さんの魔術に捕らえられたのだろうか？　そう言えば、俺だけ名前を呼ばれて質問された。あれが魔術なのかもしれない)

そんなことを考えていると、磯川さんと呼ばれていた公民館の職員と若い女性職員が、弁当とお茶を配り出した。ホカホカ弁当とかコンビニ弁当ではない。これは、仕出し弁当だ。公民館も相当張り込んだな。いや、これはもしかしたら風和村が準備したのか。いやいや、きっと権藤さんの自費だろう)

もう周囲の人達は、蓋を開けて弁当を食べ始めている。

壁の時計を見ると、もう十二時十分だ。

開始まで三十分しかない。

尊志は慌てて弁当の蓋を開けた。


弁当を食べ終わると、皆、てんでに好きな事をし始めた。スマホを見ている人が圧倒的に多い。尊志もスマホを見始めて、ふと気が付いた。

（そう言えば、一昔前の研修では、休み時間になると何人かが集まって、講義の内容やら講師の人柄やらについて、よく議論していたものだ。しかし最近では、そんな光景はほとんど見ない。今もそうだけど、みんなスマホを見ている。これは、もしかしたら、没落する都市の陰謀なのではないか？　人間を没落の巻き添えにするために。なるほど、権藤さんの言ったとおりだ。人間は精神を養って、没落する都市を立て直さないといけない！）

尊志は周囲を見回した。自分を含めて、資料を読み直している人さえ居ない。

（あ、ひとり居た）

トイレで挨拶された白髪の年配である。もしかすると、スマホを持っていないのかもしれない。

尊志がその年配を見ていると、相手も気づいたのか顔を上げた。そして、目が合った。

どきりとして、尊志は小さく頭を下げた。

そのとたん、年配はガタンと音をさせて椅子から立ち上がり、尊志の方に歩いてくる。

怒ったような顔である。

（ど、どうしたんだ！　なにか、悪いことでもしたのかな？）

そんな尊志の気持ちなど一向に構わぬ様子で、年配は尊志の机の前に立った。

「二宮さん。ちょっとご相談があるのだが」

なんと、年配は尊志に相談があるという。

「わたしは、鈴木というものですが……あなた、どうしますか？」

相談されているのだろうか？

「え？　それは、どういう……」

「いや、突然で失礼。あなたは風和村に行くつもりですか？　と聞きたかったのだが」

「はあ……まだ決めてはいませんが……行ってみようかと思っています。権藤さんも信用できそうな人ですし……」

「おお、あなたもそうでしたか……では、話が早い。いや、あなたに一緒に行っていただけるとありがたい、と思いましてな」

「はあ、それは構いませんが、なぜ……」

そのとき、例の主婦が二人の話に加わった。

「ああ、二宮さんも行かれるの？　だったらわたしも行こうかな。こちらは……」

年配に顔を向ける。

「わたしは鈴木といいますが、いや、わたしも二宮さんに一緒に行って貰おうと相談していたところです」

「わあ、それはよかった。じゃあ、わたしも行きます」
二、三人が、どうしたどうしたと集まってきた。
「二宮さんが、風和村に一緒に行ってくれるそうです。だから、みなさん、一緒に行きましょう」

「ち、ちょっと待ってください」

尊志は慌てて主婦の言葉を止めた。

「行くのは構いませんが、なぜわたしなんですか？」

「だって、あなた二宮さんでしょう」

「そ、そうですが」

「権藤さんが、あなたばかりに聞いていたじゃないの。だから、権藤さんは、あなたを信頼してるのよ」

「し、しかし……それに、権藤さんはどうして僕の名前を？」

「あら、あなた、名前を覚えられたくて、それ、付けてるんでしょ？」

「え？」

主婦が尊志の胸の辺りを指差している。

「あ！」

気が付かなかった。というよりも、無意識に下げていたのだ。

それは、二宮尊志と印刷された、会社の名札だった。紅い紐で首から下げている。

きっとこの部屋に入る時に、いつもの癖で鞄から出して下げてしまったのだ。そう言えば、今日も会社に行く格好をして、会社用の鞄を持っている。スマホだって会社支給のものだ。

（だから権藤さんは、俺の名前を呼んだのか！）

疑問は解消したが、大ぼけの自分が情けなくなった。

（もっとしっかりしないと、転職なんて出来ないぞ！）

「でも、あなた尊志っていうのね、いい名前だわ」

「おう、そう言えば二宮尊徳と一字違いですな。いや、良い名前だ。志がある」

いつしか、尊志の名前の評価になってしまった。

周りの人達もうんうんと頷いている。

尊志は恥ずかしさでいっぱいだった。しかしまあ、これも怪我の功名かもしれない。こうして、うっかり名札を下げてしまったお陰で、何人かの人と知り合えたのだ。これも縁なのだろう。

部屋の一角、尊志の机の周りだけが盛り上がっている教室に、権藤助役がいそいそと入ってきた。そして、尊志を見ると、ぺこりと頭を下げて、にこりと笑った。

尊志と周りの人もお辞儀をした。周りの人は、さっさと自分の机に戻っていく。

権藤助役はスクリーンの前に立つと、また、ぺこりとお辞儀をした。

「えー、それでは、お約束通り、午後の説明に入らせていただきます。この時間で、いのちを育む里づくりに必要な八つの知恵の説明と、次回説明会の連絡をしたいと思います」

スクリーンに、八つの知恵が映った。

一、風土
二、里山
三、農
四、民芸
五、共同体
六、社会的共通資本
七、祭り
八、和

ドアが開いて、磯川さんと事務の若い女性が、段ボール箱を台車に載せて入ってきた。箱の中から紙袋を取りだして、壁際の机の上に並べる。

権藤助役はそれを差し示して、

「参考書です。みなさん、ひとつずつ持っていってください」

と叫んだ。

ガタガタッと音をさせて、皆、席を立った。

尊志も席を立って紙袋を取りに行く。手で持つと、ずしりと重い。机の上に参考書を出してみる。全部で七冊ある。文庫本から新書判、単行本まで、たいした量だ。

「ちょっと荷物になりますが、それは持って帰っていただいて結構です」

「お金はいいんですか？」

主婦が訪ねる。

（そういえば、あの人の名前を聞くのを忘れた）

「お金は結構です。みなさん、その本が手元にあれば、いつかは読んでいただけるでしょう。座右の書ではありませんが、本は読まなくても手元に置いておくだけで、結構役に立つものです」

そう言って、権藤助役はスクリーンを向いた。

「この一番から四番までが、農のある暮らしに必要な知恵、五番から八番までが、里づくりに必要な知恵、と思っていただければ良いと思います」

（なるほど、そう分かれているのか）

（一）風土

「まず、風土からお話ししましょう」

スクリーンに『風土』の概要が映し出された。

「皆さん、風土という言葉はよくご存じと思いますが、その定義までご存じの方はなかなかおられないと思います。

　広辞苑を引きますと、『その土地固有の気候・地味など、自然条件。土地柄。特に住民の気質や文化に影響を及ぼす環境』などと出てきます。

　単なる地理ではないということですが、三澤勝衛という人は『風土の発見と創造』という書で、このように表現しています。

『風土とは、大気と大地の接触面―大気でも大地でもない、気候でも土質でもない、独立した接触面であり、この接触面＝風土こそ「地域の個性」「地域の力」の源泉である』

　さらに、

『自然的な特徴と郷土人の歴史的な努力が総合化され、さらに有機的に関連する「統一体としての風土＝地域」が形成されていくことこそが、求められる地域振興の道であり、個性的で魅力ある地域づくりである』

　つまり、この風土というものが地域づくりの基盤であると言っている訳でして、この『風土力』の発見と探求の方法が実践的に書かれているのが、この書な訳です。農のある暮らしを実現するためには、風土を知り、その風土の上で暮らしていくことが必須条件なのであります。

特に現代は、人間の活動が環境に大きな変動を与えて、その仕返しを自然災害という形で受けている時代です。人類が地球の姿を変えて、地質学的に新たな時代『人新世』に突入したなどとも言われています。

これほど大げさではなくとも、この環境変動のために、これまでの暮らし方では生きていけなくなっているのも事実です。従って、地域の風土をもう一度見直して、時々刻々と変化する動的な風土として捕らえ直すことが、農のある暮らしには何よりも必要なことだと考えます。幸い、今は、ドローンとかIoTとかAIとか、風土の調査に効果的な最新技術もどんどん現れています。

そのような訳で、この『風土』を『いのちを育む里づくり』に必要な、第一番目の知恵とした訳であります」

「おおー」という声が、あちこちから上がった。なかなかどうして権藤助役、いい話をしてくれるではないか。

「ただ、この書は分厚い本が四冊分あり、とてもみなさんに持って帰っていただくことが困難ですので、お配りした本の中には入っていません」

「残念！」

声が上がり、笑いが起こった。

「すみません。とっても為になる書ですので、是非、自費でお買い求めください。ああ、といっても、風和村に移住される方には、学校の教科書としてお配りしますので、移住希望の方は買わずにおいてください」

（何？　学校に入るって？　どういうことだ？）

ざわざわと教室内がざわめいた。

権藤助役は、そのざわめきを物ともせずに、次のページに移った。

（二）里山

「次は、里山です。この言葉は、皆さんよく聞かれると思います。『里山資本主義』という本も出てベストセラーになりました。

里山とは、

『人間の文明と無関係な原始的な自然ではなく、人間と自然の関係が維持されるように、昔から人間の手が加えられてきた「二次的自然」であり、人間の文化とともに存在する自然』

であります。

里山は、人間の手が加わった自然ということですね。原生林などのようないわゆる大自然は、里山とは言わないわけです。農村で農を営むために人間の手を加えた、山や川や田圃や畑などをひっくるめて、里山と呼ぶわけです。

風土という地理的・文化的な領域の上で、実際にいのちを育んでいくための仕組みが里山、ということになりましょうか。

したがって『里山』は、里での暮らしに必須となる、自然と人間との関わり合いであると言えます。

そんな里山ですので、これを維持していくためには継続的な管理が必要となります。

『多様な主体の参加と協働による、自然資源と生態系サービスの持続可能で多機能な管理が必要である』

というわけです。ちょっと難しいですかね。

また、里山学という学問体系も作られていまして、この『里山学講義』という書を、参考書としてみなさんにお配りします。

　これなどはすでに教科書ですので、もちろん里の学校で教科書として使いたいと思います」

　権藤助役は本を掲げて皆を見回す。

（また出た。里の学校って……何だ？）

　今度は、ざわめきは起きない。皆、本をめくって眺めている。やはり、現物があると学習態度も違うようだ。

「質問があります」

　手が挙がった。見ると、例のジーパン姿の若者である。

「はい、どうぞ」

「里山とコモンズとの関係を教えてください」

　それを聞いて、近藤助役はニコリと笑った。ニヤリではない。ニヤリというのは、上から目線というか、ある種の嫌みが込められている。これをやると、大抵、聴衆は逃げて行く。ニコリというのは、そういう質問をしてくれてありがたい、という意味でのニコリなのである。善意の解釈かもしれないが。

「よく勉強されていますね。

はい、里山とコモンズとの関係、というのはとても重要だと思います。コモンズというのは、一言で言えば、自然資源の共同管理制度、とでも言いましょうか。もちろん、コモンズ論というのが在るくらいですから、いろいろな定義がされています。日本で代表的なコモンズと言えば、入会制度ですね」

権藤助役は、同意を求めるように皆を見回した。頷いているのは数人だ。尊志も、入会という言葉は聞いたことがない。

「茅場のような共有地とか、共有林のようなものが入会です。漁場にもありますね。風和村の里づくりでは、里山利用の中でコモンズを考えていきたいと思います。コモンズは市場経済との繋がりの中で発展、あるいは衰退していきました。『いのちを育む里』は市場原理ではなく、いのちを原理に成り立つところですので、コモンズについても、新しい考え方が必要になってくると思います。要は、これまでのコモンズに対する固定観念は一旦捨てて、風和村に合った自然資源の共有の仕方を考えていくということです」

「よくわかりました」

若者が立ち上がって答えた。礼儀正しい青年だ。

「まあ、コモンズについても考えていきましょうということなのですが、コモンズに興味がおありですか？」

「はい、転職して農村で農業をやりたいと思っていますので、共有地がどうなっているのかは、大変興味があります」

「それは、それは……いや、すばらしい」

　一応それで、話は終わった。

(三) 農

「続きまして……『農』ですねえ。さきほども申しましたように、農とは暮らしを目的として営む農業であり、規模が大きくても小さくても、目的は暮らしていくということです。守田志郎さんは、これを小農と呼んでいます。大農に対する小農ですね。ですから、規模が小さくても、利潤追求を目的としたものは企業農業、すなわち大農であり、小農ではありません。

『いのちを育む里づくり』の基本信条は、経済至上主義と決別することでありますので、この小農という考え方はとても大切です。

『小農はなぜ強いか』という書を、お配りします」

　権藤助役は本を掲げて、また皆を見回す。

新書判でそんなに厚くはない。これならすぐに読めそうだ。

「経済と決別しちゃって、生活できるんですか？」

声が上がった。もっともな質問である。

「いやいや、経済至上主義と決別するのであって、社会生活にとって経済は必要です。要は、収益第一、効率第一の農業は、あくまでも産業として考えるということです。農のある暮らしをしながら農業に従事することは、いっこうに構わないと思います。ただし、農地付き住宅では、あくまでも『小農』を実践していただきます」

権藤助役は毅然とした態度で言った。

（つまり、農地付き住宅で作った作物は売ってはいけないということだな）

「余った作物を売って、生活の足しにしていただくのは構いません。お金を稼ぐためだけに作物を作る、という考えを戒めたいということです」

（前言取り消し。そういうことだ）

「どうやって、お金を稼ぐんですか？」

また声が上がった。

「それは、どこかに勤めてもいいし、自営業を立ち上げてもいいし、それこそ農業をやってもいいと思います。ただ、就活はしなければならないでしょうね」

「もっともだ」という声が上がり、笑いが起こった。この笑いは、莫迦にした笑いではない。納得したという笑いだ。

「この就業については、大変重要な問題ですので、次回の風和村見学の時に、ゆっくりと話し合いましょう」

(四) 民芸

「さて、四番目は民芸です。みなさん、民芸と言えば何を想像しますか?」

権藤助役は周りを見回した後、先ほどの二十代らしいジーパン姿の若者を促した。

「あなたは、いかがですか?」

　積極的に質問をするので指名したのか、あるいは若いということで指名したのか、分からない。たぶん両方だろう。民芸という言葉は、若い人にはなじみが薄いと思ったのかもしれない。

「えーと……地域の特色を活かした、壺とか皿とかの工芸品ですかね。あまり、美術品とは言わないものだと思います」

「ありがとうございます。そのとおりです。民芸品は、美術品とは言いませんね。これは、民藝と書くのが正しいのですが、柳宗悦という人が提唱した言葉です。

職人の手で作り出されて、庶民の暮らしの中で使い込まれる生活用具、すなわち日用品に美を見出して、それらを民衆的工藝、略して民藝と呼んだのです。

『民藝とは何か』という書を、参考書としてお配りします。

この中で、

『その土地の気候風土から生まれた仕事があり、その仕事を無心に繰り返した職人の高い技術があって、初めて民藝の素朴で健全な美しさが生まれる』

と言っています。

つまり、民藝品というのは無名の職人が無心で作り出した日用品であり、その中にこそ、いわゆる美術品にはない本当の美があると言っているわけです。

それで、どうして、この民藝が八つの知恵の中に入っているのかと言いますと、この民藝品こそが、農のある暮らしに必須な日用品だと考えるからです。

農のある暮らしでは、食物だけでなく、日用品についても、極力、身の回りにあるものを使って自分たちで作ることが大切であると考えます。そうすることで、暮らしの中に命が宿る、それこそが暮らしの美であると思います。ちょっと偉そうなことを言うようですが」

皆、頷いている。それを見て、権藤助役は勇気を得たようだ。先を続けた。

「民藝には、器とか笊とかいった民具に加えて、織物や民画や民家なども含まれます。わたしなどは古民家に興味がありまして、東北の曲り家なんかは、民藝の最たるものではないかと考えている次第でして……いや、ちょっと脱線してしまいましたが……うぉっほん！　……この民藝については、里の学校の付属機関で研究したいと考えております」

「研究するというのは、いずれ民藝品をつくるということですか？」

さきほど指名された若者が質問する。

「まさにそのとおり！」

権藤助役は机をどん！　と叩いた。

「風和村独自の民藝品を作って外に売れるようになれば、里の産業にもなりますし、住民の収入にもなります」

（うーん……民藝品を自分たちで作るというのはわかるが、それを売るというのは……そこのところが今ひとつ納得できない）

「良いではありませんか。自分達の作った民藝品が、里の外の人にも使ってもらえる。それは、いい品だから使ってもらえるのです。それで、お金がもらえるとしたら、それは良いことだと思いますよ。いかがですか、二宮さん」

一番前の席の主婦が、そらみろといった顔でこちらを向いた。

名前を聞くのを忘れたのが、つくづく残念だ。

「えーと……そういう意味ならば、わたしも権藤さんに賛成です」

「ありがとうございます。二宮さんの賛同が得られました」

ぱちぱちと数人から拍手が上がった。きっと先ほど、尊志の机の周りに集まった人達に違いない。

「さあ、そういうことで、簡単ですが、前半四つの知恵の説明をいたしました。風土以外は、お配りした参考書を読んでいただければ、その本質を理解していただけると思います。えー、ちょっと休憩しますか。十分ほど」

そう言って、権藤助役は、そそくさと出て行った。たぶんトイレに行ったのだろう。まだ三十分しか経っていない。早く説明してくれればありがたいのだが。

（うん？　俺は早く帰りたいのか？　いや、そんな気分ではない。早く、あとの四つの説明が聞きたいのだ。そうだ……そうすると、俺は、もしかしたら、風和村に移住したいのだろうか？）

（五）共同体

きっかり十分後に権藤助役は現れた。大変律儀な性格のようだ。

これでもうひとつ、尊志にとっての権藤助役の株が上がった。

「では、みなさん、これから後半四つの知恵の説明をいたします。

前半は農のある暮らしに関わる知恵でしたが、後半は里づくりに関する知恵です。

まずは『共同体』ですね。

人間として暮らしていく以上、人は何らかの共同体に関わって生きていくことになります。しかし、関わる共同体によって、その人が幸せになれるかどうかが決まる、と言っても過言ではありません。

共同体とは、

『人間が、それに対して何らかの帰属意識を持ち、かつ、その構成メンバーの間に一定の連帯ないし「相互扶助（支え合い）」の意識が働いているような集団』

であるとも定義されています。

この支え合いということが、大変重要なことであります。

それは、

『経済成長の時代が終わるとともに、個人の社会的孤立はいっそう深刻化している。「個人」が独立しながら、いかにして新たな共同体を創造するかが、地域社会の今後を展望する上での中心的課題となる』

からであります。

共同体に属する各個人の独立を尊重しながら、支え合いの精神で助け合っていくことこそが、風和村設立の大いなる意義なのであります。

この共同体のあり方についても、先ほどの里山と同様、住民のみなさんと十分に話し合っていきたいと思います。

参考図書として、内山節さんが書かれた『共同体の基礎理論』という書を、お配りします。この書は、風和村に移住しない方でも、皆さんの住む地域の共同体のありかたを考える良い機会になると思いますので、是非ともお読みになって頂きたいと思います」

権藤助手は単行本を掲げながら、皆をぐるりと見渡した。

共同体のあり方を考え続けていくということは、大変に重要なことだ。それは、今現在、自分が属する共同体というものについて、しっかりとした考えを持っていなければいけないということなのだ。これは、仕事に没頭している日常では、なかなか考えないことだ。そんな機会が与えられただけでも、この説明会に来た甲斐があった。

尊志は真剣にそう思った。

(六) 社会的共通資本

「では、次に『社会的共通資本』について、ご説明します。

『風里農芸共資祭和』の中では『資』で表している知恵ですが、これは『資本』の『資』でありまして、その前の文字『共』とつなげて、『共通資本』と考えていただければ良いと思います」

(なるほど……よくできている)

「資本というと経済用語ですが、まさに、経済についても考えなければならないということであります。

この『社会的共通資本』は、あの宇沢弘文先生が提唱された概念ですが、みなさん、宇沢先生をご存じですか?」

権藤助役は笑顔で皆を見回した。だが、その笑顔がみるみる翳っていった。反応が無かったからだ。

「あ、名前だけなら知ってます。十年ぐらい前に亡くなった方ですよね。たしか、米子出身の。ワイドショーで見た覚えがあります」

一番前の席の主婦が、手を挙げて発言した。

「おお、あなたはご存じですか。それは良かった。そう、ワイドショーでもやっていましたね。日本人で最もノーベル経済学賞に近い経済学者と言われた人です。惜しくも、十年前に亡くなられました」

（そんなに偉い人なのか）

恥ずかしながら尊志は知らない。もともと、経済には、あまり興味がない。今、家にある経済書は、『21世紀の資本』という一冊だけだ。しかも、流行った当時に勢いで買ったもので、ずっと書棚で眠ったままだ。

「やはり経済というと、みなさん敬遠されますが、さきほどの質問にもありましたように、経済がなければ世の中は回っていきません。

経済という言葉は経世済民の略でして、広辞苑を引きますと、

『人間の共同生活の基礎をなす財・サービスの生産・分配・消費の行為・過程、ならびにそれを通じて形成される人と人との社会関係の総体』

と書かれています。

つまり、経済とは、共同生活の基礎をなす財やサービスのことを言っているわけです。決して、個人の私利私欲のためにあるわけではないのです。

そこで、この宇沢先生の説かれた社会的共通資本ですが、

『ゆたかな経済生活を営み、すぐれた文化を展開し、人間的に魅力ある社会を安定的に維持する――このことを可能にする社会的装置』

が、社会的共通資本であります。

具体的には、次の三つの範疇に分けて考えます。

一、大気、水、森林、河川、湖沼、海岸、沿岸湿地帯、土壌などの、『自然環境』

二、道路、交通機関、上下水道、電力・ガスなどの、『社会的インフラストラクチャー』

三、教育、医療、金融、司法、行政などの、『制度資本』

『社会的共通資本は、たとえ私有ないしは私的管理が認められているような希少資源から構成されていたとしても、社会全体にとって共通の財産として、社会的な基準に従って管理される』

べきであり、

『その具体的な構成は、先験的あるいは論理的基準にしたがって決められるものではなく、あくまでも、それぞれの国ないし地域の自然的、歴史的、文化的、社会的、経済的、技術的諸要因に依存して、政治的なプロセスを経て決められるものである』

ということです。

つまり、これらの社会的共通資本は、それまでの慣習とかあるべき論ではなしに、実際の地域、地域のいろいろな要因を考えて、政治的な決定の上で管理されなければならない、ということであります。

我が風和村でも、この社会的共通資本の考え方を基本としています。特に土地、すなわち、住宅地と農地については、共同体として共通に管理すべきであると考えています」

（ああ、だから農地付きの賃貸住宅なのか）

「というのは、土地の私有化こそが、村落共同体内部に市場経済原理の侵入を許した張本人であると考えているからであります。土地の私有化は、小作農の自立を促したのは確かではありますが、同時に、土地の商品としての流動化を許してしまったのです。

少し、話が難しくなってしまいましたが、この『社会的共通資本』をじっくりと読んでいただければ、よろしいかと思います。風和村に移住をご希望の方は、この書だけは読んできてください。

コモンズの管理についても言及されていますので……」

そう言って、権藤助役は新書判の本を掲げながら、ジーパンの若者を見て、にこりと笑った。

若者も大きく頷いている。

さては勉強しているな、と尊志は思った。

（七）祭り

「社会的共通資本が、共同体の物質面の絆とするならば、祭りは精神面の絆と言ってよいでしょう」

権藤助役は、こう切り出した。

「祭りは大変奥が深く、我々も未だ勉強中です。ただ、いのちを育む里づくりには欠かせない知恵、まさに過去から連綿と受け継がれている共同体の知恵だと考えますので、ここに入れたわけです。

『血縁で結ばれている親族、同じ地域に住む居住者、また共通の言葉や習慣を持つ民族などの共同体は、集まって生命や生産を強化する目的で祈り、儀礼を行ってきた』

そこに祭りの発生があります。

祭りは、民間信仰と深い繋がりがあり、日本の場合、自然信仰と神道や仏教といった民間宗教が融合した、いわゆる民俗宗教をベースにしています。ですから、地域、地域で、実に様々な祭りが催されているわけです。

お盆や七五三などの年間行事も一種の祭りではありますが、ここでは、共同体のみんなが参加しておこなう、村祭りのような行事をイメージして貰えば良いと思います。この祭りを準備し、祭りに参加することによって、住民の共同体に対する意識が育まれていきます。そして、この祭りから芸能が生まれ、文化が生まれていくのです。ですから、祭りは文化の源と言っていいでしょう。

　残念ながら、我が風和村では、祭りは廃れてしまいました。ですから、新しく風和村独自の祭りを作らなければなりません。ただ、作るといっても、安易に今流行の、観光客に人気のありそうな祭りを作っても意味がありません。そういう祭りは長続きしません。

　風和村は新しく出来た村ですが、その前身の村には、かつて祭りがあったと聞きます。そういった、深く土地に根ざした祭りを掘り起こし、それをベースに時代の流れも取り入れた、新しい祭りを作らなければなりません。

　そういう意味で、風和村の祭りは、まだ白紙状態です。皆さんと一緒に作っていきましょう。そこから郷土芸能も復活していくのです。

　どうです？　楽しいではありませんか？　みなさん！」

　権藤助役は皆を見回して笑顔になった。今度は、みんなが頷いている。

　そう言えば、尊志の故郷にも祭りはあった。子供の頃は祭りが待ち遠しくて仕方がなかったものだが、町が廃れていくにつれて祭りもひところの元気をなくし、どんどん縮小していった挙げ句、今では、やっているのかどうかも分からない程になってしまった。それだけ、尊志が故郷から離れてしまったとも言えるのだが、祭りと聞くと今も体がうずくのは子供の頃と変わらない。

確かに、子供の頃を思い出すのは祭りが一番だ。と同時に、その時に踊った踊りや、一緒に参加した住民達の顔も鮮明に思い出されてくる。祭りが絆になるというのは確かなようだ。

「まずは、芳賀日出男という方が著した『日本の民俗　祭りと芸能』という書をお配りします。これは写真集ですので、各地の祭りや郷土芸能がわかりやすく解説されています。また、民俗学のいろいろな書も、祭りを考える上で良い参考資料になると思いますので、興味のある方は勉強していただきたいと思います」

権藤助役は文庫本を掲げて皆を見回した。さっそく手に取って中身を見ている人もいる。

権藤助役は大きく頷くと、最後のスライドに移った。

（八）和

スライドには大きく『和』という文字が現れた。

「そして皆さん、いよいよ最後に『和』です。和というと、皆さん、何を連想されますか。もちろん聖徳太子の十七条憲法、第一条の『和をもって貴しと為し』ですよね。あ、違いますか？　首を傾げておられる、そこの若い方！」

権藤助役は参加者の一人を指差した。さきほどのジーパン姿の若者ではない。若い女性である。六本木辺りにいそうな、最新ファッションを身に付けている。

「あ、あの……和食です……けど」

「ああ、そうですね。そのとおり！　和食に、和室に……和は日本的な、という意味でよく使われますね。どうも、わたしみたいな年寄りは、真っ先に聖徳太子を思い出してしまいます」

尊志もそうだ。ということは、尊志もそろそろ年寄りの仲間入りということか？

「それだけ『和』という言葉は、日本人にとって大変なじみ深い言葉であります。昔の政府を大和朝廷と呼ぶのも、日本が大きな和で成り立つ国という意味合いもあるのでしょう。

ただ、その『和』というのがどういう意味なのか、分かっておられる方は少ないと思います」

（みんな仲良く、平和にやっていこうという意味ではないのか？）

尊志は、すぐさま思った。

その時、スクリーンに『和の精神』という文字と、説明が現れた。

「和というのは、簡単に言いますと『異質のもの同士が調和し共存すること』であります。この説明では、なかなかピンときませんね。ひとつ、先ほど、そちらの方が言われた和食を思い出してみてください。

和食とは、どんな食でしょうか。もちろん、日本食という意味で使われますが、では日本食の特徴というのは何か。わたしは、刺身の盛り合わせが、それをよく表していると思います。

刺身の盛り合わせ。わたしはやはりマグロが好きなのですが、盛り合わせという一つの料理であっても、その中には、マグロもあれば、烏賊もあり蛸もあり、ホタテもあり、鯛や平目もあります。大根のつまや、紫蘇の葉が添えられていたりします。

これらは、一品一品が独立した存在です。そうでありながら、刺身の盛り合わせという、一つの料理になっているのです。

ぶり大根や味噌汁にしてもそうですね。名前の付いた一つの料理なのですが、食材そのものの味がしっかりと生きている。

つまり、異質のもの同士が調和し、共存しているのです。

中華料理のように、全ての具材を切り刻んで鍋の中に入れて調理し味付けしたもの、実に美味しいですが、これは和食とは言いませんね。色んな具材の味が渾然一体となって、しかも調味料の味も加味されて、全く新しい料理になっています」

（なるほど、これは上手いことを言う。ただ、今ひとつ納得できないところもあるが）

「まあ、例えとしては異論もございましょうが、こういうことだと思います。ここで大事なのは、調和と共存ということであります。

そして、この『和』というものは、『間』があって初めて成り立つものです。

この『間』は、異質なもの同士の対立を和らげ、調和させ、共存させる、つまり、和を実現させるものであります」

「ほう」

という声が聞こえた。声の方角からすると、あの鈴木さんかもしれない。

「間は日本語ではよく使われます。隙間、居間、合間なんてものもありますね。要するに、間を空けるということです。これは空間的にも時間的にも成り立つことです。

例えば、一つの部屋に大勢の人を押し込めると、すぐに喧嘩が始まります。今の通勤電車では、やれ押されただの、触られただのと、すぐに険悪な状態になります。人は、あまり近づきすぎると、諍いをおこします。ところが、昼間の電車のように、人間同士の間隔が十分に空いていれば、実に静かに乗っています。他の乗客を思いやる心の余裕さえ出てきます。これこそが、和の精神ではないでしょうか。

また、家同士が近すぎると、音がうるさいとか隣の木の枝が庭に入ってきたとか、争いごとが絶えません。国同士でもそうですね。国境付近では、いつも緊張状態が続いています。

これは人間の性なのでしょう。これでよく共同体なんて作れるなとお思いでしょう。ところが、これを上手くまとめるのが間ということなのです。

時間的にもそうです。長い文章を一気に間を空けずに読まれると、なんのことやら意味がわからなくなってしまいます。しかし、ちょうど良いところで区切って間を空けて貰うと、よく理解できます。

こういった和と間との関係が、この書でうまく説明されています」

そう言って権藤助役は、『和の思想』という新書本を高く掲げた。

「この本の中に面白い事が書いてあります。

フラワーアレンジメントと活け花の違いです。さきほどの、あなた、あなたならどう違うと思いますか？」

先ほどの六本木レディが指名された。

「うーん……わたしには、同じにしか思えませんけど」

「はい、それが普通の答えですよね。でも、ここには、こう書かれてあります。フラワーアレンジメントは花によって空間を埋めようとするのですが、活け花は花によって空間を活かそうとするのです」

「ああ」

という声が、あちこちから聞こえた。

「面白い！」

という声も聞こえた。これは鈴木さんの声に違いない。

「面白いでしょう。この答えは、西洋の文化と日本の文化の違いにも触れていると、ここでは言っています。

花によって空間を活かすのが和の心で、それを可能にするのが空間、すなわち間ということでしょうか」

権藤助役は皆を見回してにこりと笑った。この権藤助役はよく笑う人だ。学校の授業では、よく生徒を睨む教師がいたが、笑った方が断然良い。なにか、自分が肯定されたような気になる。

「風和村では、この和の精神を里づくりに取り入れたいと考えています。取り入れるというよりも、里づくりの精神と言った方がよいでしょうか」

「どういう風に取り入れるのでしょうか？」

思わず、尊志は質問をしてしまった。これは大変珍しいことだ。尊志は、めったに講習会では質問をしない。それも、本当に聞かなければいけないと思った時だけである。

しかし今、勝手に口から言葉が飛び出してしまったのだ。

「二宮さん！　よくぞ聞いていただきました！」

権藤助役は満面に笑みを浮かべて、今にも駆け寄って握手でもしそうな雰囲気だ。実際、両手を尊志の方に伸ばして握手をする動きをしている。

一番前の主婦と、鈴木さんと、ジーパンの若者と、六本木レディが、すぐに尊志を見た。いや、見たのはこの四人だけではないのだが、尊志にとって印象に残る人達が、この四人だったということだ。

場内に笑いが起こった。これは嘲笑ではない、言ってみれば和やかな和の笑いだ。

「いのちを育む里づくりのあらゆるところに、和の精神を活かそうと思います。

例えば住宅です。今回、皆さんは、このためにここにおられるわけですが、都会の住宅は隣との距離が大変に狭い。これは土地面積に対して人口密度が高すぎるため仕方がないことですが、風和村では、隣との距離を十分に空けようと考えています。農地を入れて約三〇〇坪の敷地面積ですから、隣接していても十分に離れていると思うかも知れませんが、少なくとも二十メートルは離したいと考えています。

みなさん、農村を思い出してみてください。農村では一軒一軒の距離が非常に離れていますよね。あれです、わたしが目指しているのは。農村では家の周りに自分の田圃や畑がありますから、当然と言われればそうなのですが、あれはそういう物理的な条件のせいだけではなく、むしろ、わざとああして広く取ってあるのだと、わたしは思います。それは和のためです。共同体の中で、異なった家族同士が共存していくための知恵なのです。そのために間をとっているのです。

家と家との間は、野原でも林でも、また道を通しても良いと思います。それぞれの地形や自然条件に合った形の『間』を見つければよいのです。

東北地方に、イグネという名の、広大な田圃の中の林に囲まれた集落があります。そしあの林は防風林なのですが、集落の中の家々の周りにも防風林が立っています。そして、この林は生活物資としても実に重要な役割を果たしています。この林こそが、間の役目を果たしているのだと思います。

それから、今度は産業の話ですが、わたしは、十次産業というものを目指したいと考えています。六次産業という言葉がありますが、農産物を加工して販売するという、一次の農業と二次の工業と三次のサービス業を掛け合わせたのが、六次産業です。

ただ、この六という数字の中に一次の農業は入っているでしょうか？　一掛ける二掛ける三ですから、一はあってもなくても同じですね。これは和ではありませんね。実際、掛け算は積と言います。足し算こそが和です。六次産業の場合、一次が二次と三次の中に埋没してしまっている。つまり、加工して流通しやすいように、農産物の方が規格化されてしまったということなのです。

農業は工業に浸食されてしまったと、よく農家の方が言われます。『農』のところで紹介した書の中でも、農業は大量生産・大量消費という工業の仕組みに飲み込まれてしまったと言っています。

ただ、わたしは、工業は悪いことばかりではないと思います。工業のお陰で、農作業も楽になったし、作物も安定して取れるようになった。炊飯器や洗濯機や冷蔵庫など、農家の暮らしを支えるお母さん達の仕事も断然楽になった。みなさん、今や軽トラは必需品ではないですか。農業が工業に飲み込まれてしまったからいけないのです。農業の本質はきちんと残して、農業と工業の共存を図るべきであったと、わたしは思います。

でも、まだ遅くはありません。

ですから、わたしは産業を掛け算ではなく足し算、つまり積ではなく、和で考えたいと思います。

現在は、四次産業までありますね」

権藤助役は尊志を見た。

「四次は情報産業ですね」

尊志は答えた。

「そうです。この情報産業を足し合わせた、つまり一次足す二次足す三次足す四次イコール十次産業です」

「おお」

という声が上がった。

「あらゆる産業を和の精神で調和し共存させて、そこから新しい仕事を興そうと思います。どんな仕事が出来るか楽しみですね。いかがです？　これも楽しいではありませんか」

「賛成です！」

ジーパンの若者が手を挙げて答えた。

「ありがとうございます！　……さて、これで一通りの説明は終わりました。おや、もう二時半を過ぎてしまいましたね。ちょっと熱くなってしまいましたか。わたしの悪い癖です。ただ、この話なら何時間でも話せてしまいます。やはり、夢とか希望とかいうのは大事ですね」

そのとおりだと尊志は思った。

尊志、転職を決意する

「さて、それでは午後の説明はこれくらいにして、最後に次回の説明会の案内をさせていただきたいと思います」

　がやがやと話し声がする。

　午後の説明会がようやく終了したので、皆、肩の荷が下りたのだろう。いや、それよりも、感想を言い合っているのかもしれない。あるいは、次の説明会に行くのか、といった会話かもしれない。

　尊志は、もう心が決まっていた。風和村に移住しよう。次の説明会に行くまでもない。理由は、風和村の方が今の仕事よりも面白そうだから……である。お金のことは考えていない。なにより、市場原理から切り離した里づくりができるというところが実に面白い。失敗しても悔いはない。そう思った。まあ、失敗ということは無いのだろうが。

「ではみなさん！」

話し声が止んだ。

「本日はお忙しい中、お集まりいただきまして、誠にありがとうございました。我が風和村では、『いのちを育む里づくり』を推進しております。本日は、その基本となる理念と里づくりを支える八つの知恵について説明して参りました。ただ時間が足りず、本当の触りだけしか説明できなかったことをお許しください。

ただ一点、申し上げておきたいことは、風和村で農地付き住宅を貸し出すのは、真に里づくりの一環としてであり、風和村は住民達の手によって発展していくものであること、主役はあなた方であることをお忘れないように、ということであります。

ですから、移住される皆さんは里づくりの担い手であり、そのために農地付き住宅に住んでいただくということであります。また、風和村は廃村寸前であった旧村を借り上げて、新しく生まれ変わろうとしているところであり、主要な産業は何もありません。この産業を一から作り上げていくために、皆さんには、まずは風和村役場の一員になっていただきたいと思います。もし、それで結構、是非移住したいと思われる方であれば、それで移住の資格は十分に満たしておられます。是非、次回、第二回の説明会に参加していただきたく思います」

「はいっ！」

一番前の主婦が手を挙げた。

「はい、どうぞ！」

「わたしは、その是非移住したいという者なのですが、では何ですか、移住する人は全員、公務員になるということですか？　すると、お給料が出るということなのでしょうか？」

さすがは主婦、ちゃんと暮らしというものを考えている。

「大変に良いご質問です。そのとおり、皆さんには公務員になっていただきます。風和村役場職員という肩書きです。ですから、給料はきちんと出ます。ただ、お分かりのように廃村寸前の貧乏村ですから、かなり少ない額になりますが」

「農のある暮らしができれば、十分じゃろう」

鈴木さんが声を上げる。

「そう言っていただけると助かります。役場の職員として、風和村での暮らしを立ち上げていっていただければよろしいと思います」

「それは、職がない我々にとっては願ってもないことですが……ただ、何をするんですか？」

鈴木さんの言に触発されて、またまた尊志が質問した。

「おお、これもまた大変に良い質問です」

当然の質問だとは思うのだが、権藤助役にかかると、すべてが良い質問になってしまう。もっとも、質問すること自体がよく考えているという証だから、良い質問であることは間違いない。

「それは、次回の説明会で詳しくお話ししますが、まずは里の学校に入っていただいて、そこで勉強しながら、学校の付属研究館で里の暮らしに必要な技術・技能の伝承・開発を推進していただきます。その結果が、村の新しい産業に繋がっていければと考えています」

「学校に入るんですか？　勉強しなくちゃならないの？」

「その通りです。若いころに勉強できなかった分を取り戻せる、実に良い機会だと思いますよ」

「そうなのよね。わたしも、もう一度勉強したいと実は思ってたのよ」

主婦は、ちょっとあんたという風に、権藤さんに手を一振りした。

笑いが起こった。そのあと、がやがやと話し声が聞こえる。主婦の一声で場が和み、緊張が取れて、お互い意見をぶつけ合う場が出来たのだ。

この主婦、意外に和の精神を心がけている。なかなかに侮れない。

ガヤガヤという声が一段落した頃に、権藤助役が声を発した。

「それではみなさん、次回は二週間後に実施します。ちょっと早いですが、朝の八時に、またこの場所に集まってください。八時十分になったら、バスで風和村に出発します。くれぐれも遅れないように、お願いします」

「ここから風和村まで、どのくらい時間が掛かるんですか」

質問が上がった。

「そうですね、およそ三時間半というところですか」

やはり遠い。が、思ったほどではない。五時間ぐらい掛かるのではないかと尊志は思っていた。

「高速を通るのですね」

「そうです。でないと五時間はかかります」

（ああ、やはり、普通の道だと五時間はかかるのか。高速で日帰りだと往復七時間だ。ほとんど就業時間と変わらないではないか。八時十分に出て、着くのがお昼ごろ。昼食時間もあるだろうから、説明会が四時ぐらいまでかかるとして、戻ってくるのは七時半か。これは結構な旅になる）

「あ、それから、配布した書籍は持ち帰っていただいて結構です。次回参加される方は、できるだけ多くの書を読んできていただけると、助かります。

それではみなさん、本日はお疲れ様でした。二週間後、またお会いできることを楽しみにしております。本日は、どうもありがとうございました」

権藤助役は深々とお辞儀をした。

拍手が起こった。講演会でもやったような盛大な拍手だった。尊志も、精一杯拍手を送った。実際、今日は権藤助役の講演会と言ってもよいだろう。いのちを育む里づくり、いい話を聞かせて貰った。それに、権藤さんの人柄も気に入った。

次の説明会が楽しみだ。

拍手が鳴り止むと、あの主婦が真っ先に尊志の席にやってきた。

「二宮さん！　あなた行くんでしょ、次の説明会！」

捲し立てられた。

「ええ、そのつもりです。あなたも？」

「わたし、服部美智子《はっとりみちこ》っていいます。どこかで聞いた名前でしょ。よろしく。もちろん行くつもり。でも権藤さん、なかなか良かったわよね、誠実そうで」

まったく、誠実そのものといった感じだ。

その権藤助役は、今、後片付けをしている。プロジェクターを止めて、スクリーンを引っ込めて、机の上の物をまとめて、鞄に入れている。

尊志と服部美智子が話しているところに、三人の人間が加わった。鈴木さんと、ジーパンの若者と、なんと、あの六本木レディだ。

「わしは鈴木宗平《すずきそうへい》。次も楽しみですな」

「ぼく、中野健一《なかのけんいち》です。今日は、ありがとうございました。二宮さんがおられるので、大変に心強いです」

「いやいや、そんなことはありません」

「あら、そうよ。二宮さんがいたから、こんなに盛り上がったのよ」

「ほんとうに……あ、わたし新城綾香《しんじょうあやか》と申します。本当に何も分からないので、いろいろと教えてください、よろしくお願いします」

といって、新城綾香は深々とお辞儀をした。

いやいや、そんなに当てにされても困ってしまうと、言おうとしたところで、

「今日はありがとうございました、二宮さん」

尊志の背中に声が掛かった。

驚いて振り向くと、なんと権藤助役がにこにこ顔で立っていた。

「え、いや、僕なんか……」

「いやいやいや。服部さんが言われるように、二宮さんがいらっしゃったから、こんなに盛り上がることが出来ました。実は、風和村の説明をするのはこれが初めてでしたので、みなさんに伝わるかどうか、大変心配でした」

「十分伝わったわよ、あなた。でも、いいお話だったわよね」

服部美智子は、賛同を得るように皆の顔を見た。

「まったくじゃ」

鈴木さんが応える。

他の三人も、うんうんと頷く。

「しかし、権藤さんは、何故、僕を指名されたのですか?」

尊志は、思い切って聞いてみた。

「それは、もちろん二宮さんが名札をしておられたからですが」

(やはりそうか)

「それだけではなく、二宮さんの表情を拝見して、この人なら味方になっていただけると思いまして」

「味方……ですか?」

「はい、味方、つまり、真剣に話を聞いてくれる人ということですが……話を上手く進めるには、味方を見つけて、その人に話しかけるようにすると、うまくいくものです」

「はあ、そんなものですか」

「ええ、もっともこれは、私が会社員時代に身に付けたやりかたですが」

（権藤さんは会社にいたのか……てっきり大学教授か何かかと思った）

「あら、権藤さんは、大学かなんかの先生じゃなくて？」

「あ……よく判りましたね」

「いえね、あの若い女の人、ここの人かしら、あの人が権藤さんの事、先生と呼んでいたから」

よく聞いていたものだ。

「そうですが、准教授止まりです。会社を退職して、大学に就職しました。あの子は、その時の教え子でして……」

（なるほど、それで、この街の公民館で説明会をやったのか）

「あ、でも、ここで説明会をやったのは、彼女の伝手ではなくて、この街が村長の出身地だったからなのです」

（あ、そういうことか）

尊志の予想はことごとく外れる。仕事でもそうだ。だから、余計な事は考えずに仕事に打ち込むのが一番だ……そう思ってきた。そんな自分が早期退職を希望するなどとは、思いも寄らなかった。

「ふーん。村長さんってどんな人かしら。次の説明会では会えるのよね」

「うーん……忙しい人ですから、それは何とも……でも、とてもいい人ですよ」

（それはそうだろう。風和村の説明を聞けばよく分かる）

「ところで権藤さん、ご家族は？」

服部美智子が、すかさず質問する。さすがは主婦。質問の矛先が違う。

「家族ですか……」

そのとき、チャイムが鳴った。時計を見ると三時だ。しかし、いったい何のためのチャイムなのだろう。

「あ、もう三時ですか……そろそろ帰らないと。ではみなさん、次、お会いするのを楽しみにしています。必ず来てくださいね。五人は確保したと、さっそく村長に伝えますので」

「そうよね、今三時だから、家に着くのは六時半？」

「あ、わたしは電車で帰りますので、家に着くのは……九時頃でしょうか？」

「え？　電車？　ここから車じゃないの？」

「残念ながら、わたし、運転できないもので……家内が駅まで迎えに来てくれるので」

　これで、権藤さんが所帯持ちであることはわかった。しかし、運転できないというのも、何かと不便だろう。

「それではまた、失礼します」

　そう言って、権藤助役は丁寧にお辞儀をして、部屋を出て行った。

　残された五人も、お辞儀をして、権藤さんを見送った。

　気が付くと、もう部屋には、この五人しかいない。

「あ、わたしも、そろそろ行かないと……お店が」

　言ったのは、なんと服部美智子だった。

　仕事とは……てっきり専業主婦かと思った。

「へえ、服部さんは、お店を？」

　鈴木さんが問う。

「お店と言っても……しがないコロッケ屋なんですけどね。あたしも、亭主を亡くして、一人で店を切り盛りしてきたもんだから、もうこの辺りで引退しようかと思いましてね」

「あ、僕知ってます。商店街のコロッケ屋。すごく美味いんで評判なんです。僕なんて、ほとんど毎日買ってます」

「あら、気づかなくてごめんなさい。常連さんだったのね。じゃあ、こんど来たら声を掛けて。まけてあげるわ。あたし、奥でコロッケ揚げてるから」

「ああ、だから……いつも、可愛い子が店頭で売ってますよね」

「あれは三番目の娘よ。あら、可愛い子？　本人に言ったら喜ぶわ」

「お子さんは、三人ですか？」

　尊志が問う。

「そう、一番下が大学生。上は、二人とも働いてるけど、まだ独り者なのよ。あんた、いい人がいたら紹介してよ。あんたでもいいけど」

　服部美智子が、あんたと言っているのは、尊志ではなく、中野健一のことだ。

「すみません。僕も妻帯者で……」

「あら、あんた、若いのに、もう奥さんが」

「子供もいます」

「その若さで……そりゃあ、真剣に生き方を考えなきゃならんなあ」

鈴木さんがしみじみと言う。

「はい、ですから、今回の風和村は、渡りに船というか、まさに、僕の理想にぴったりなんです。田舎で、畑を耕しながら子供を育てて、地域に貢献する仕事がしたいと思っていましたから」

（時流に流されない、しっかりした考えだ。しかし、なかなか、そう簡単に上手くいくものではないだろう）

「苦労するのは分かっています。でも、僕の考えも、まさに権藤さんの考えにぴったりなんです。都市文明と里の文化は違うと……」

（お、急に哲学っぽくなってきたな）

「あのう……わたしも、お店があるので、この辺で」

「あ、あなた、銀座でしょ!?」

（ずばりと聞いたもんだ！）

「え？　いえ、六本木です……」

「ホステスさんよね……その格好でわかったわよ」

（すごい！　そんなことを平気で聞くとは）

「あら、ごめんなさい。でも、わたしだって、若いときはホステスだったのよ」

（なに！）

　男三人は顔を見合わせた。

「さすがに銀座で働けるほど器量よしじゃなかったけどね。でなきゃ、子供三人抱えて、お店なんて出せないわよ」

（なんか、すごい人生の達人のような気がする）

「銀座だったら、こんなところでぼやぼやしていられないわね。でも、あなたも次回、行くんでしょ？」

（六本木と言ったのに、聞いていなかったのだろうか？　まあ、銀座も六本木もそんなに変わらないか、地理的には）

「綾香って呼んでください。でも、お店でもそう呼ばれてるので、すみません」

「いいのよ。どうせ、この人達、銀座に遊びに行けるほどお金持ってないわよ」

（ずばり、そのとおりだ）

「わたしも、今のお仕事を辞めて、田舎で暮らしたいと思っているんです。子供のためにも」

　まさか、子供がいるとは思わなかった。しかし、服部美智子はうんうんと頷いている。

（それほど驚くことでもないのか……）

「そうすると……五人か……あと、三人は欲しいわね」

「え？」

四人が疑問の声を上げた。

「風和村に移住する人よ。だって、八犬士でしょ。八人集めないと……」

「おお、あなたはご存じか？『新八犬伝』」

「もちろん知っていますわ。だって、リアルで見た世代ですから」

（なんと、現役世代か！）

「まあ、でも八人ぐらいは来るでしょ？　ね、二宮さん」

「え、まあ、そう……だといいんですが」

「ちょっと、しっかりしてよ、あんたが頼りなんだから」

何故、自分が頼りにされるのかよくわからないまま、尊志は、はい、すみません、と応えてしまった。さすがは主婦のコロッケ店主、話の誘導が実にうまい。

「では、みなさん、今日はこれくらいで、また再来週、会いましょう！」

そう言って、年長者の鈴木さんが解散のタイミングを作ってくれた。

皆、しっかりとお辞儀をして、公民館を後にした。

帰る道すがら尊志は考えた。

世の中には、いろいろな人がいるものだ。これまで研究一筋だった自分にとって、今日出会った人達は、生きる目標も生活環境もまるで違っていた。正しい人生などというものは存在しない。世の中は、様々な人生、様々な生活で成り立っているのだと、今、初めて理解できたような気がする。

(それもそうだが、家族に何て言おうか)

そちらの方が気掛かりだった。

突然、風和村に移住したい、などと言ったら、腰を抜かして驚くだろう。

(いや、そんなに俺は、家庭で存在感があるだろうか)

意外にすんなりと、「あ、そう」と言われるような気もする。

妻には、すでに会社を辞めることとは言ってあるから、そんなに反対はしないだろう。問題は子供達だ。特に、下の子は高校三年、今、大学入試でぴりぴりしている。

(怒って、家を出たいなんて言われたらどうしよう)

さっきの説明会での勢いは何処へ行ったのか、次第に憂鬱な気分になりながら、尊志は家に帰った。

ところが……家には誰も居なかった。

当然だ。まだ四時過ぎである。妻は仕事中だし、娘達は学校だ。

大体、尊志がこんな早い時間に帰ってくること自体、滅多にないことなのだ。

（まだ四時過ぎか……喫茶店にでも寄ってくれば良かった）

ちょっと猶予が出来た気分である。しかし、早く帰っても、家ですることがないというのも問題である。これは早く生き方を変えなければならないぞ。そう思う尊志だった。


夕食は、久々に家族全員が揃った。

尊志は、思い切って風和村移住の話を持ち出した。

上の娘、沙里《さり》が真っ先に反応した。

「へえー、お父さん、そんなこと考えてたの。いいんじゃない？　やってみれば。だいたい今の世の中、定年までまじめに勤め上げるなんてのは、もう時代遅れなのよ。それに、わたし、いつまでも親の世話になるつもりはないから」

まあ、ドライといえばドライな反応だ。

「もう、沙里ったら、そんなことどこで覚えたのよ。まじめに働くって、とっても大事なことなのよ」

「そりゃそうだけど、会社側が定年まで働くことを期待してないんなら、いつまでもしがみついている必要はないでしょ」

今の尊志の立場は、そうとも言えるかもしれない。

「でも、よく見つかったわね、そんなところ。今時無いわよ。なに、農地付きで三〇〇坪？ いったいなによそれ」

悠里が驚いた顔で言う。だが、もう了解したという顔だ。

「うん、風和村にはしっかりした理念があってね、いのちを育む里づくりを推進しているんだ。それで、そこに移住したら、まずは役場の職員になって、畑を耕しながら、村の事業創生を担うことになる」

「すごい！ お父さん、公務員になるの？ それって、すごいやりがいがありそうね。わたしも、大学出たら公務員になろうかな」

沙里が言う。

「でも、すごい田舎だぞ。ここから、片道三時間半はかかる」

「あら、三時間半で行けるなら、日帰りだってできるじゃない。今時、そんな近くて、三〇〇坪の別荘なんてないわよ」

別荘ではないのだが、どうも妻のイメージは現実とはかけ離れているようだ。何か、風光明媚な湖の畔とでも思っているんじゃないだろうか。

「あたし……」

下の娘、舞里が、ぽつりと言った。

そらきたか、と尊志は身構えた。

「あたしも、お父さんに付いていく。もう受験勉強はいや。大学に落ちたら、お父さんと一緒に田舎に住む」

「え？　……おい、待て、待て。それは、ちょっと」

思いがけない舞里の反応に、尊志は慌てた。

「あら、いいんじゃない。田舎で好きなことやって、自由に暮らせるんなら」

悠里がけろりとした顔で言う。

「おいおい、お母さん……」

悠里は、尊志を見て、片目をつぶった。今は同調しておけ、ということだろうか。

「そうよ、お父さん。田舎、田舎っていうけど、日本人なんて、つい最近までは、みんな田舎で農業をしてたんだから。都会人だなんて偉そうなこと言ってるけど、もともとはみんな田舎者なのよ。いいじゃない、田舎者で。あたし、田舎者のほうが好き。

田舎者になりたい」

沙里が声を上げる。舞里が頷いている。

なんだろう、この反応は。これほど賛同されるとは思わなかった。

「で、いつ移住するの？」

「え？」

「だって、住むんでしょ、そこの何とか村に」

「風和村よ」

沙里が尊志に代わって答える。

「片道三時間半じゃ、ここからは通えないでしょ」

悠里は、もう先に進んでいる。

「そ、そうだな……四月からというところかな」

「わたしたちは、会社と学校があるから移住はできないわよ。家財道具も、自分で準備してね」

（そうか、家財道具を準備しなければならないんだ）

尊志は出張にでも行くような気分でいた。向こうに行ったら、家財道具一式、すべて用意されていると思っていた。

（そんな訳はないではないか！　なんという甘い考えだ。これだから……）

尊志の頭の中に声が響く。

（まあ、家と農地さえあれば、なんとかなるさ）

別の声が囁いた。

「おとうさん、頑張ってね」

唐突に舞里が言った。

悠里と沙里が顔を上げた。おどろいた表情で舞里を見て、二人で顔を見合わせた。

当の舞里は、黙々と箸を動かしている。

尊志も驚いた。初めて、舞里に励まされた。

「うん……頑張る」

そう答えた。

家族の反応が、あまりにも予想外だったので、それ以上言う言葉もなく、無事夕食の時間は過ぎていった。

風和村移住説明会

二週間後。

抜けるような青空だ。

季節も三月に入って、大分暖かくなってきた。今日などはコートもいらないくらいだ。しかし、目的地は山梨と埼玉の県境、山の中だ。まだまだ寒いだろう。

尊志は、うきうきしながら公民館に向かった。こんな気分になるのは、小学校の遠足以来だ。中学や高校でも遠足はあったが、部活や試験のことが常に頭にあり、本当の開放感には浸れなかった。

八時十分前、駐車場に着くと、すでにバスが止まっていた。バスの横腹には、緑色の彩色の中に『風和村』と書かれた文字が見える。乗車口の前に権藤助役が笑顔で立っていた。その側に例の四人が立っている。鈴木さんと服部さんと新城さんと中野君である。

中野君は、いつものジーパン姿だ。ただ、さすがにトレーナーの上にジャンパーを羽織っている。

「もう、遅い、遅い。来ないかと思って心配したわよ」

服部美智子が開口一番、声を上げた。

「すみません」

「二宮さんがいなかったら、このバスツアーが成り立たなくなっちゃうわよ」

(大げさな……しかも、これはバスツアーではないぞ)

権藤助役は苦笑している。

「さあ、二宮さんが来られたので、みなさん乗ってください」

(本当に、俺を待っていたのか……)

よく見ると、新城綾香の側に五歳ぐらいの女の子がいる。しっかりと手を握っているところを見ると、綾香さんの娘だろう。

尊志は二人の娘がいるので、女の子の扱いに抵抗感はない。

「おはよう」

笑顔で女の子に声をかけた。

「おはよう」

女の子が笑顔で応える。

（お、しっかりした子だ）

「娘です。梨香《りか》といいます」

「りかですっ」

そう言って左手を目の前で広げた。挨拶はしたから、この手は……五歳ということか。

「五歳か。よろしくね」

梨香は笑顔で頷いた。

「二宮さん、よくわかったわね。わたしなんか、さよならって言われたのかと思ったわよ」

思わず吹き出す。

美智子さんらしい反応である。

バスに乗り込むと、すでに多くの人が座っている。

座席の側を通る度に、「おはようございます」と声を掛けられる。

「おはようございます」と笑顔で返す。

これでは町内会の慰安旅行だ。

八時間際になって、さらに一人が乗り込んだ。二十人乗りの小型バスの座席が、ほぼ埋まっている。

八時十分過ぎ、権藤助役がバスに乗り込む。

「それでは出発します」

朗らかな声を一声上げると、助手席に座った。

バスはゆっくりと出発し、街中を走った後、すぐに中央高速に乗った。

西に向かって走る。

天気は最高だ。まだまだ三月で外気は冷たいが、バスの中は暖房が効いているから快適だ。

すぐに、おしゃべりが始まった。飲み物や食べ物が手渡される。これは風和村が用意したものではなく、参加者がめいめい自費で持参したものだ。

「二宮さん、どうぞ」

隣に座った年配の女性が、お菓子を差し出す。

「あ、ありがとうございます」

そう言って、菓子袋の中から一つ貰った。ちょっと懐かしい和菓子のセットだ。

そんな和気藹々のムードの中で、権藤助役が座ったまま後ろを向いて、マイクを口に持っていく。

「みなさん、おはようございます」

「おはようございまーす」

「今日は、実に良い天気になりました」

「まったくだ」

「また、参加者も十六名と、予想外の人数になりました」

予想外に多いということだろう。

「実は、これほどの人が参加するとは予想しておりませんでしたので、小型バス一台で来てしまいました。ちょっと窮屈ですが、ご容赦願いたく思います」

「大丈夫でーす」

「ありがとうございます。現在、八時半です。道路も混んでいないようですので、風和村にはお昼前には着けると思います。それまで、約三時間、時間がもったいないので、風和村移住についての説明をさせていただきたいと思います。あ、眠い人は寝ていただいて結構です。ただ、向こうに着いたら、ほとんどが現地見学になりますので、できるだけ起きて説明を聞いていただけると助かります」

相変わらず誠実な権藤助役である。これだからこそ、こんなに多くの参加者が集まったのだ。

これが、どこかの業者の見学会だったら、有無を言わさずに説明に入るところだ。

しかも、資料棒読みで全く面白みがない。

「残念ながら、このバスにはＴＶモニターは付いていませんので、紙の資料を用意しました。前の人から一つずつ取っていただいて、後ろに回してください」

権藤助役が資料の束を、通路を挟んだ両側の座席の先頭の人に渡す。

資料が、前から後ろに手渡される。

尊志の所にも回ってきた。

(おお、またしっかりとした資料だ)

カラー印刷で、七枚ぐらいが綴られている。

ぺらぺらとめくる。ほとんどが字だが、最後に絵画のような絵が付いている。色付きで、里山の風景が描かれている。あまりうまい絵ではない。山があって、川が流れて、田圃と畑があって。

(これが風和村なのだろうか？　こんな絵に描いたような里山のようなところが？)

周りを見ると、ほとんどの人が最後のページを見ている。

訝しげに眉を寄せて見ている人もいる。

「みなさん、資料が行き渡ったでしょうか」

皆、顔を上げずに資料を見ている。

「ああ、みなさん最後のページの絵を見られているようですね」

権藤助役が声を掛けるが、返事はない。

「それが風和村です、と言いたいところですが、そうではありません」

(なんだ、そうじゃないのか……)

「それは、移住された方に入っていただく、里の学校です。私が描きました」

「え？」

という声が、あちこちから上がった。

(こんなに広いのが学校だって？ これじゃほんとに里山じゃないか。学校って言うから、田舎の小学校のようなところだと思った)

尊志の思い浮かべる小学校は、土手があって、坂道を上ると校庭があって、桜の木が植わっていて、木造の二階建ての建物がある。そんな学校である。学校と言うよりも、分校に近い。

「すみません。説明が足りなかったようですが、いわゆる学校は奥に見える赤い屋根の建物で、あとは学校付属の研究館になります」

まだ説明を受けていないのだから、わからないのも当然だ。勝手に皆が見ているだけなのだ。それでも笑顔で説明するところは、これぞ権藤さんである。

　絵を見ると、里山のあちこちに建屋らしきものが立っている。

「一番奥にあるのが学舎、すなわち勉強するところです。ここには図書館も併設されています。他の建物や農地なども含めて、この区域全体を里の学校と呼んでいるわけでして……ただ、まだこれは想像図です」

「なーんだ」

　声が上がった。

「と言っても、敷地は確保していますので、全く、このようなところです。よいところですよ」

「山奥にも、こんな平らな所があるんですか？」

「そうなんです。不思議ですけれどあるんです。風和村はこんなところが幾つか集まって、村を作っています。昔の人が切り開いたのでしょうね。山の中の盆地といったところでしょうか」

（へえーそうなのか。しかし、昔の人は苦労して拓いたのだろうな）

「苦労は並大抵ではなかったと思います。しかし、生きていくためですから」

「平地で暮らせばいいのに」

「まあ、平地は田圃も畑も、すべて人の物ですから」

（そうか、昔は地主と小作人の関係だったんだ）

「自由を求めて山に入った人が拓いたのでしょうね。みなさんと一緒です」

（権藤さんはああ言うけど、平地にいられなくなった人とか、生活が苦しくて逃げ出してきた人とかが、かなりいたんじゃないだろうか。だから、どんなに苦労してでも、ここを切り拓いて住むほかに道は無かった。いったい、どれくらいの年月が掛かったんだろう。たぶん一世代や二世代ではきかないだろう）

尊志は、昔の開拓時代を思い浮かべていた。

「では、改めて、説明に入らせて頂きます。表紙をめくって、次のページを出してください」

表紙には風和村移住説明会とあり、『いのちを育む里づくり』と緑色の文字で書いてある。

（そう言えば、前回は就業説明会だった。今回で初めて、移住の説明をするということなのだろうか？　何が違うんだろう？）

尊志はページをめくった。

「この図は、先日、皆さんに説明させていただいた、いのちを育む里づくりの理念を表したものです」

『里』と『都市』とが中に書かれた二つの大きな円が、両方向の矢印で繋がっている。この矢印は、里と都市が独立した存在ではなく、互いに相補的な関係にあることを示しているのだろう。

　里の円の上には『いのちを育む』、下には『生命原理（持続）』という文字が、赤の太字で書かれている。一方、都市の円の上には『精神を養う』、下には『市場原理（成長）』と書かれている。

「円の中に書かれている文字は、構成要素です。すなわち里は、風土、農地、里山・コモンズから成り立っており、都市は都市設計（土木・建築）、市場、資本・労働から成り立っています。ただ、インフラであるライフライン、社会資本、財政は両方に共通して必要な要素です」

　権藤助役は、いったん言葉を止めて皆を見回す。質問はない。皆、頷いている。ここは、前回説明を受けたところだ。

「さて、この『いのちを育む里づくり』を推進していくに当たっては、設計図が必要になります。つまり、どのような施設や仕組み、そして思想が、里づくりに必要かということですね。それが次のページに示してあります。

【里の設計に必要な要素】

一、住居とライフライン（水道、電気、ガス）
二、食料と生活用品：自給（農地）と購買（商店）
三、仕事：地場産業（十次産業）、企業誘致、村外への就業
四、共同体（コミュニティ、コモンズ）
五、社会的インフラ（農地、学校、病院、銀行、役所、他）
六、社会保障制度（育児、高齢者福祉サービス、他）
七、自然災害対策：風土の理解と土木工学の活用
八、自然との共生：鳥獣対策、里山資源の活用
九、都市との繋がり：「まち」が都市との窓口
十、和の精神と間の活用

「もちろん、住む場所とライフラインが、生きていく上で最も重要なのは言うまでもありません。これは、里も都市も変わりません。ただ、里と都市では、取り巻く環境が異なりますので、住居の形やライフラインの仕組みが変わってきます。

里に特徴的なのは、七番目と八番目の、自然に対する取り組み方です。里は自然に囲まれています。自然は優しいと同時にまた、厳しいものであります。野生動物や自然災害に対する対策も十分にしておかなければなりません。特に最近は、温暖化の影響で気候の変動が急激ですから、自然災害対策にも新しい考え方が必要です。つまり、風土の理解と土木工学の知識を、常に刷新していかなければならないということです。土木工学は年々進歩しているようですが、きちんとその地域の風土に適応していないと、新しい技術があっても何にもなりません」

「はい！」

美智子さんが手を挙げた。

やはり一番は、この人だ。移住を決心している尊志にとっては頼もしいかぎりである。

「風土の理解の為に何か方法はありますか？」

（お、質問の中身が、この前とは大違いだ。これは勉強してきたな）

「風土の理解のためには、ドローンとＡＩの組み合わせが最適であると考えています。これらの新技術をつかって、継続的に風土の調査をしていきます」

「あ、それはわたしも考えました」

「おお、すばらしい。もうすでに服部さんは風和村の住民ですね」

拍手が上がった。美智子さんは、赤くなって俯くどころか、手を挙げて拍手に応えている。

「ただし、新しい技術の導入も、これまで培ってきた基礎の上でこそ成り立つものです。温故知新を忘れてはならないと思います」

拍手が鳴り止んだ。

「現在、風和村の里づくりでは、農地付き住宅の青写真が出来上がっています。ライフラインと社会インフラは、とりあえず、旧村の施設や仕組みを継承する形で進めています。とりあえずと言ったのは、いずれ風和村の理念に沿って、変えていく必要があるということです。

最も大切な食料は、各家庭の自給で半分は賄えると思いますが、やはりお店からも購入する必要があるでしょう。村にスーパーはありませんので、町に買い出しに行くことになります。生活必需品も町のスーパーで購入できます」

「町までは、どのくらいかかるんですか？」

「山の麓の曲がりくねった道を通って行きますから、車で三十分程度はかかると思います」

「ああ」

と言う声がした。山の中にある山里だから当然予想はしていたが、改めて知らされると、やはり遠いという感は否めない。

「真っ直ぐな道を造る計画はないのですか？」

「残念ながら今のところはありません。ただ、わたしの考えでは、地上を通る高架付きのバイパスよりも、地下を通した方がずっと良いと考えています。自然や農地、森林を破壊することはありませんし、ライフラインも通すことが出来る。災害の時には、避難場所にもなる」

（なるほど……地下という手はあるな）

「ただ、地下はトンネルを掘りますから、お金が掛かります。地下水系への影響をできるだけ少なくするには、なるべく深く掘る必要があります。専門家ではないからわかりませんが、地上の十倍ぐらいは、お金が掛かるのではないでしょうか。ただ、日進月歩で技術は進んでいますから、あながち遠い先ではない気もします。しかし、ここ数十年は無理でしょうね」

「あの、住宅に付いている農地で、自給自足はできないのですか？」

質問の声が上がった。これは皆が一番、心配しているところだ。

「はい、そうですね。そこのところが一番大事です。畑から作物を収穫するには、種を播いて、育てなければなりません。それには時間が掛かりますので、すぐに自給ができるわけではありません。しかも、小農では土地柄や季節に合った作物を露地栽培しますので、どうしても日常生活に不足が出ます。米などは、まさにそうですね。ですから、村には公共の市場が必須であると考えています」

「すると、やっぱり収入がないと」

「そうです。いずれにせよ、文化的な生活をするには、現金収入は必要です。ですから村としても、なんらかの産業を興す必要があると考えています。ただし、ここが肝心なところですが、いのちを育む里づくりが目的ですから、市場原理に支配されたのではいけません。それでは都市と同じになってしまいます。できるだけ自給自足でやっていき、足りない分を産業面でカバーする。それを考えるために里の学校があるのです。てっとりばやく外部から企業を誘致する手もありますが、持続可能な手段とは思えません」

権藤さんは椅子から身を乗り出して、皆を見回す。やはり、ここのところが引っかかるのだ。慣れない農作業をしながら会社勤めをしたのでは、今までよりももっと苦しくなってしまうのではないか。

「ここは、里づくりの最も肝心なところですので、じっくりと攻めていく必要があります。当面は、みなさんに村役場の職員になっていただいて、その給料でなんとかやっていただきたいと考えています。心配はいりません、と言っても気休めにしかなりませんが、皆で協力してやっていくしかないということです。みなさん、風和村の住民なのです。都会で一人きりではないのです。共存するということは、助け合って生きていくということです」

権藤さんは力説した。尊志もなんとか納得することが出来た。もっとも、すでに移住を決意しているからなのだろうが、そうでない人は、ここのところで去っていくのだろう。

（だが……変わるためには、何事も苦労は付きものなのだ。昔の開拓民を見て見ろ。何世代もかかって、やっと自給自足の出来る村を作ったのだ。それに比べたら、ライフラインの整った村での苦労など、苦労のうちに入らないではないか）

これは、尊志が自分自身に投げかけた言葉である。

「ちょ、ちょっと待ってくれ、権藤さん」

鈴木さんが手を挙げた。

「ちょっと戻りますが、住宅の青写真が出来上がっていると言われたが、では何か、われわれは移住しても、まだ住むところはないということかな？」

「ええっ？」

ざわざわとバスの中がざわついた。

「いや、そうではありません。風和村は、現在、人口が五〇〇人程度しかおりません。少なくとも千人に近づけないと、村としての機能は十分に果たせないだろうと考えています」

（もっともな考えだ）

「まずは、今回移住される方には、モデル住宅に住んでいただいて、その感想を元に青写真を修正し、徐々に住宅を増やしていくつもりです」

「モデル住宅？」

「はい。村役場のメンバーで考えて、住み心地の良さそうな住宅を建てました。いわば、みなさんはモニターということです」

「古民家を改造する、ということはしないんですか？」

「はい、それもあります。ただ、使われていない民家が多く、かなり傷んでいますので、相当な修理が必要になります。思い切って壊して建て直した方がいいという民家が大部分です。ただし、農地は健在ですので、村の方で買い上げて、その側に家を建てる計画です」

「いちいち買い上げていたら、大変ですね。予算が保たないんじゃありませんか？」

（これも、もっともなことだ）

「はい、それは全くその通りです。ですから、今、村長があちこちかけずり回って、助成金をもらう努力をしています」

「ああ、それを伺って安心しました」

　鈴木さんは安堵したのか、どっかと座り直して、目を閉じた。

（まあ、いろいろと問題は起こるだろう。それは、丁寧に一つずつ、つぶしていかなければならない。技術開発と同じ事だ。それがいやならば、移住などしないほうがいい）

「とにかく、風和村の里づくりは、まだまだ端緒に就いたところです。いろいろ課題はありますが、皆さんと一緒に頑張っていきましょう。ああ、もう半分ぐらいは来たでしょうか。とにかく、良いところですので、みなさんまずは現地を見てください。これならば頑張ってみようかと、きっと思いますから」

（そうなのだ。われわれは何も便利な都会に移住しようというのではないのだ。自然の中で本当にいのちを育むことができる、そんなふるさとで新しい生き方を求めよう

としているのだ。それを忘れてはいけない）

「ではもう少し、お時間をください。ここからは、里の学校のお話をします」

「学校ですかー？」

と言う声が上がった。美智子さんではない。別の主婦らしい女性だ。

やはり学校と聞くと、あまりいい反応は無い。

「学校です。でも、四六時中縛られる学校ではありません」

尊志も、学校と言えば小学校を思い出す。六・三・三の十二年の中で、やはり小学校が最も長く、しかも人格を形成する時期でもあるので、小学校の印象は最も強い。

残念ながら尊志には、学校にあまりいい思い出はない。クラスには必ず力の強い人間がいて、その人間を中心に小さなコミュニティが出来てしまう。へたに逆らうと、いじめの対象になってしまう。尊志にも、小学校時代に短い期間ではあったが、いじめを受けた経験がある。だから学校と聞くと引いてしまう。人付き合いの難しさというものを感じてしまうのだ。

「月二回、金曜日と土曜日を学校の日に当てます。その他の日は、畑を耕したり、仕事をしたりで、忙しいと思います。月二回ならば、たとえ会社に勤めていても、何とかやっていけると思います」

皆、なかなか頷けない。金、土の二日間、月二回の学校で、本当にやっていけるのだろうか？　皆、不安なのだ。特に、金曜日は通常ならば出勤日であるから、月二回休みを取るのは、なかなか大変な事だ。

（のんびりと田舎暮らしもできないな）

「問題は内容です。次のページにカリキュラムを載せていますが、里づくりにとって必要な知識を学んでいただきます」

次のページを開くと、カリキュラムが載っている。

一日目、二日目のスケジュールが、枠の中に書いてある。

「これを、一年間続けて貰います」

「一年経ったら、卒業ですか？」

「そうです。でも、卒業したら終わりではありません。この学校は、基礎を教えるためのものです。卒業したら、各自のペースに合わせて、自学自習していってほしいと思います。

私は、学校は勉強の仕方を教えるところだと思っています。子供の頃は、何をどういう風に学べばよいかわからない。だから、義務教育で、学問の基礎と勉強の仕方を教えられる。すべてを理解できなくても良いのです。学びは一生です。忘れたら、もう一度、学び直せば良いのです。基礎が出来ていれば、自分自身の力で、学んでいくことが出来ます」

権藤助役は力説した。だが、皆、カリキュラムを眺めていて、権藤助役の話を聞いていないようだ。尊志は、これまでの技術開発の経験から、まったくそのとおりだと思った。

（ほんとうに基礎は大事だ。仕事に行き詰まるところは、決まって、基礎のできていないところなのだ）

案の定、カリキュラムに関する質問が出た。

「里山学とか、農学とかは解りますが、経済とか工学は必要なんですか？」

「ああ、よい質問ですねえ」

（権藤さんの得意文句が出た）

「はい、必要です」

そう言って、権藤助役は皆を見回した。

「経済学の枠には、

①マクロ経済・ミクロ経済

②地方財政学

③社会的共通資本
④コミュニティ
と書いてありますが、これくらいの知識がないと、本当に経済社会で生きていくことは難しいと思います。いくら市場原理に支配されない里づくりをしようと思っても、経済の基礎知識がなければ社会生活を営んでいくことはできません。特に、マクロ経済は、みなさんよくご存じのＧＤＰやら為替やら銀行の仕組みやらが出てきますから、学んでおいて損はありません。また、この枠で、社会的共通資本やコミュニティを学びますから、里づくりには絶対必要な科目です」

権藤助役は、ここでいったん話すのを止めた。

バスが高速道路を降りるところだ。インターの標識があり、バスが料金所を通過する。

これから山道を行くことになる。延々、一時間半の旅だ。

バスは快適に道を進む。覚悟していたが、意外に振動は少ない。道は広く、舗装されている。

（風和村のために、新しく造ったのだろうか？）

まさか、そんなわけはない。

自然公園とか何かの公共施設のために造られた道だろう。

振動は少ないが、やたらと曲がる。あっちに揺られ、こっちに揺られて、なるほど、これでは説明は出来ないだろう。

見ると、権藤助役も座席に座って、しっかりと肘掛けを掴んでいる。

そんな風に揺られながら二十分ほど経ったころ、比較的曲がりの少ない道になった。

権藤助役の声が聞こえた。

「ここから先はまた、曲がりくねった道がつづきます。説明は、紙を見ながら進めさせていただきますので、しばらく質問は我慢してください。風和村に着いてから、じっくりとお聞きしたいと思います」

そう言うと、権藤助役は、どっかと座席に座り直した。資料をめくる音が聞こえる。

「工学については、確かに機械とか電気とか情報とかは、難しくて投げ出したくなりますが、これも暮らしには欠かせないものです。良きにつけ悪しきにつけ、機械は我々の暮らしの中に入り込んでいます。機械がなければ、日々の生活を営むことは出来ません。そして、機械を動かすのは電気です。だからといって、機械、電気の仕組みをすべて理解しろというのではありません。日常使っている機器が壊れたら、何処が壊れたのか、原因は何なのか、くらいは解るようにしたいものです。特に、農作業用の機械が故障したら一大事です。自分で直せとは言わないまでも、修理の人が来たら、症状はどんなで、予想される原因は何か、程度は言えるぐらいでないといけません。そのほうが、修理も早く終わるはずです。

また、情報という言葉は、なかなかぴんときません。スマホとかインターネットは情報を扱いますが、それ以外で情報あるいはデータを扱うことは、われわれの日常ではあまりありません。しかし、これからは、データを扱う仕事がどんどん増えるでしょう。みなさん、ＩｏＴとかＡＩとかは聞いたことがあると思います。ＩｏＴというのは機械同士が人間を介さずに直接、情報のやりとりをすること、ＡＩはご存じのように人工知能のことです。しかし、その中身については、ほとんどご存じないと思います。二宮さんのように、製造業などに従事しておられる方ならば、よくご存じと思いますが」

（また俺の名前が出た。覚えられたからなあ。まあ、知ってることは知ってるけど、よく知ってるわけじゃない。製造業も今やすべてが分業化されてるから、その分野の専門家じゃないと、ほとんど理解できない）

隣の年配の女性が笑顔を向けてきたので、笑顔を返した。

「どんなところで使うのかという質問があるかと思いますが、これは先ほどもお話ししたように、風土や里山自然の調査、あるいは広範囲な農地の調査には、必須だと考えています。つまり、ＩＯＴ搭載のドローンで空中から大量のデータを採取して、インターネットを介してパソコンに転送し、ＡＩを使って分析することで、保全や改善に役立てるというものです。これは、すでに世の中では実施されていることでして、わが風和村でも是非取り入れたいと考えています」

　なにやらマイクに雑音が入った。

「はい、今、後ろの方から質問がありました。誰が使うのかというご質問です。それは皆さんです。住民が自らドローンを操作して、必要なデータを取って分析するのです。外部の専門家に頼ってはいけません。自分の地域のことは自分たちでやらなければ、里づくりはできません。もちろん、初めは、外部の専門家に教えてもらう必要があるでしょうが」

　尊志はびくびくしていた。

（工学の専門家といえば自分の事ではないか？　情報関連は弱いんだけど……）

「まあ、情報関連の勉強は、おいおいやっていくことにして、それ以外の農学や里山学については、皆さんよくご存じと思います。ただ、ここでは、より実践を重視したいと思います。そのために、この時間枠の中に実習の時間を入れました。例えば農学ならば、実際に畑で作物を育てるとか、里山学ならば、里山を歩き回って活用状況を観察し、実際に手を入れるとか。それから、年二回、夏休み時期と冬休み時期には、民芸や芸能の講座も開催したいと思います。これは、風和村の住民の方はもちろん、外部からも受講生を募集して、地元地域の民芸や芸能を知って貰い、実際の暮らしに役立てて貰うためです」

また、ガサゴソという音がマイクに入った。

「また、良いご質問がありました。すみません、近くからのご質問しか受けられなくて。この学校は誰でも入れるのか、というご質問です」

（ああ、なるほど、それはよい質問だ）

「風和村の住民ならば、誰でも、無料で入ることができます。ただし、入ったからには、一年間しっかりと勉強していただきます」

無料という所で歓声が上がった。無料ならば入りやすい。だが、挫折しやすいという難点もある。

（仕事が忙しくなると、どうしても休んでしまう人が出るだろう。しかし、休めば、それだけ自分が損するのだから、一年ぐらい頑張って欲しいものだ。あ、いけない、いけない、また損得で物事を考えてしまった。損得は経済の用語だ。いのちを育むのに、損得も

何も無い）

「それから、言い忘れましたが、一日目の夕食後に討議の時間を設けます。ここは、住民同士が日頃の問題や課題を話し合う時間にしたいと思います。村の将来をどうしていくか、なんていう議題も良いですね。これには出来る限り、役場のメンバーも加わります」

「村長もですか？」

後方から大きな声が飛んだ。

「もちろん、村長も、わたしも加わります。これは、村の将来を左右する大事な討議になると思います。全員参加で里を造っていきましょう。二週間に一回ですから、年間二十四回。これは中身の濃い話し合いができると思いますよ」

（それはいい。里の住民みんなで里の将来を話し合う。大事なことだ。だけど、いくら住民が少ないからと言っても、全員参加は無理だろう。集落代表で何人かという形になるのだろうか？　今はいいけど、人が増えてきたら問題になるな……まあ、今は、あまり心配することじゃないけど）

「さて、風和村も近づいてきました。最後にみなさん、ご興味の絵に移りたいと思います。おっと、その前にページがあった」

次のページを開くと、

『里の学校　付属研究館』と題して、いろいろな研究館が列挙してある。

「付属研究館というのは、文字通り、里の学校に付属した研究施設でして、里づくりに必要な各種技術や技能の伝承・開発を行うところです。

ここには、現在計画している研究館を列挙しています。

一、農学館：農の研究（農地）
二、科学館：暮らしに必要な工学技術の伝承と開発（科学実験室）―土木、機械、電気、エネルギー、情報
三、里山自然館：自然との共生（風土調査、里山の保全、共有地の管理）
四、民芸館：民芸の伝承と創作（作業場、窯）
五、食育館：食の研究と教育（レストラン、販売所）
六、薬草館：薬の研究（薬草園）
七、芸能館：地域芸能の維持と継承（演舞場）
八、福祉館：保育、介護の研究（デイケアセンター）
九、暮らし館：里の暮らし全般の研究（民家、農地着き住宅での体験宿泊）

今は、この九つですが、必要に応じて加えていきたいと思います。

かっこの中は、その研究館が所有する施設です。例えば、農学館は農地を所有し、科学館は実験室を所有します。民芸館は作業場と焼き窯、薬草館は薬草園、芸能館は演舞場、福祉館はケアセンターをそれぞれ所有します。

里山自然館は、里の学校自体が里山の自然の中に在りますから、周り全体が研究フィールドです。また、食育館では、健康で安全な食の研究をしますが、その成果をレストランのメニューにしたり、販売したりします。これは女性の方に向いていると思います。

最後の暮らし館には、宿泊施設があります。これは農地付きの住宅で、ここで生活できるようになっています。村の内外の方に数日間滞在してもらい、そのフィードバックを暮らしに役立てていこうというものです」

（すごい、至れり尽くせりじゃないか。でも、自分にとっては、この科学館というのが気になる。持っているスキルから考えれば、当然ここを任されると思うが……何をすればいいのか、不安だ）

「今回移住される方には、この研究館のどれかに所属していただいて、運営の仕組みを立ち上げていただきたいと思います。いわば、みなさんすべての方が館長ということです。

なあに、恐れることはありません。外部からのアドバイスをもらいながら、ゆっくりとやっていけばよいのです」

（そうは言ってもなあ……ゆっくりやっていたんじゃ、いつまでたっても立ち上がらないし。まあ、収益第一ではないから、その点、気持ちは楽だけど……）

「さあて、いよいよ最後のページです。これは、今説明した里の学校の完成予想図です。学校の敷地は、風和村の集落の一つを、まるのまま借用します。無人となった集落ですので、いろんなことが出来ると思います。この敷地の中に、勉強を学ぶ学舎と各研究館が点在します。あ、質問は後で、現地でお願いします。今は、この最後のページを眺めていてください。もうそろそろ到着します。周りの景色をご覧ください」

（ご覧くださいと言われても、バスの中からでは山しか見えない。いやいや、住民にとっては、たくさんの物が見えるのだろう。山あり川あり、山にも形があり、生えている植物もいろいろだ。川は見えないが、きっと、いろいろな川の景色が見えるのだろう。流れが急だったり、緩やかだったり。岩があったり、植物が生えていたり。山

や川も千変万化する。生きているのだ）
バスに揺られながら、右を見たり左を見たりしながら、乗客は景色を楽しんでいる。そんなことをしているうちに、バスは風和村役場に到着した。

出迎えたのは、男性一人と女性一人。男性は二十歳台の後半、女性はもっと若く、二十歳台前半といったところだろうか。どちらも、職員風の服装をしている。

バスが到着したのは、役場の前の小さな広場だ。他に、二台の車が駐まっている。広場の前には川が流れている。さきほど、バスの中から見えた川だ。川の両側には山が迫ってきている。つまり、村役場は、谷間の狭い平地に立っているということだ。

役場の広場からは、川に下りられる道が造られている。広場に立つと、川の流れる音が聞こえてくる。渓流釣りができるかもしれない。と言っても、尊志は釣りはやらない。子供の時に親に連れられて行ったぐらいだ。

（釣りも、やらなければならないなあ）

魚は貴重なタンパク源だ。

バスの乗客、ではなく、移住説明会の参加者は、バスを降りて広場に集まった。暖かい日差しが狭い空から射してくる。もうすぐ春だ。

「ああ、そっちではなく、こっちです」

権藤助役が、さっそく川へ下りようとした参加者に声を掛ける。

「昼食の後、休み時間がありますから、その時にでも、その辺を散策してみてください。でも気を付けてくださいよ。山の中ですし、野生動物もいますから」

「熊ですか？」

「いや、熊は出ません。鹿とか猿とか、たまに猪がでます」

「ほう！」

そう言うしかない。

「携帯はつながりますか？」

「あ、繋がるようになりました」

女性職員が言う。

ということは、最近まで繋がらなかったということだろう。

権藤助役と役場の職員に続いて、ぞろぞろと役場の中に入って行く。建物は結構古い。旧村の役場を利用しているのだろう。

執務室横の階段を上って、二階に上がる。

二階には、会議室やら展示室やらがある。一行は大会議室に通された。詰めれば五十人は入れそうな、かなり大きな部屋だ。横長の机がスクール形式に並んでいる。

皆、思い思いの場所に座る。

権藤助役が黒板の前に立った。

「みなさん、長い時間、お疲れ様でした。ようやく風和村に到着しました。どうです？　山の中でしょう」

権藤助役の発言の意味が分からない。自然がいっぱいでいいでしょうと自慢したいのか、それとも、何も無いところで大変そうでしょう、と心配して貰いたいのか？きっと両方だろう。

「もう、お昼ですので、昼食にしたいと思います。説明会は午後一時から始めます。食事の後の時間で、その辺りを散策していただいて結構です。でも、時間にはちゃんと戻ってきてください」

権藤さんは、お辞儀をして、汗を拭き拭き出て行った。男女の職員が、仕出し弁当とペットボトルのお茶を配ってくれた。この前食べたのと同じ店の弁当だが、中身は違う。

山の中でも食材は結構豊富なようだ。

「近くに、お弁当を作ってくれるお店かなんかがあるの？」

後ろの席で声がした。

「ああ、いえ、民宿があるんで、そこでお弁当を作ってくれるんです」

男性職員の声だ。

「へえー、何の民宿ですか？」

「渓流釣りです。このあたりは、けっこう良い釣り場があるので、民宿も二件在るんです」

（やっぱり釣りか……）

「近くに、お店なんかは……」

「ああ、お店は無くて、町まで出ないと。でも、週に二回、移動販売車が来てくれるんで、食料や日用品は大体そこで足ります」

（たしかに、バスが来れるんだから、移動販売車だって来れるだろう。それで十分だ。いざとなったら、町のスーパーに買い出しに行けばいいし、宅配便だって使えるだろう）

幾ら山の中でも、何も無い昔とは違うのだ。それでも、人はどんどん出て行ってしまう。

「では、ごゆっくりどうぞ」

男女の職員が出て行った。これから彼らも昼食だろう。手づくり弁当だろうか。皆、無言で弁当を食べている。少々疲れ気味だ。朝早く起きて、バスで延々三時間半だ。昼寝でもしたいくらいだ。

見回すと、ほとんどの人が、スマホを見ながら弁当を食べている。たしかに、これ一台あれば何でも出来る。ネット情報やテレビを見ることだってできる。確かにニュースを見ることが出来るのは助かるが、ゲームをしたいとは思わない。尊志は、やはり古い人間なのだろう、スマホを操作していると、どうも体がむずむずしてくる。何か、せかされている気がして落ち着かないのだ。会社から支給されたスマホだが、生きるのをせかされているような気になる。だから、尊志個人の携帯はスマホではない。いまだにガラケーである。しかし、妻には早くスマホに替えろと言われている。その方が家族通話がし易くなるそうだ。ラインという奴か。こちらに移住したら頻繁に通話することになりそうだから、スマホに替えないといけないのだろう。

ガラケーだって一昔前は、最新の通信手段だったのだ。最近の技術の進歩の速いことといったら。それに遅れまいとすれば、どうしても生活が忙しくなる。そう言う尊志も製造業勤務という仕事柄、それに一役買っているのだが……だが、灯台もと暗しというか、紺屋の白袴というか、医者の不養生というか、何でも良いが、製造業に勤務する尊志と同世代の男性で、いまだにガラケーという人間は結構いる。旧世代と新世代の狭間に位置する年齢なのかもしれない。

そんなことよりも、尊志には食後にやりたいことがあった。

もちろん川辺の散策である。

自然の中に身を置いて暮らしたい。その暮らしに合った仕事がしたい。それこそが尊志が転職する第一の理由なのである。今の仕事にやりがいがなくなったから、というのは今の仕事を辞める口実に過ぎないのかもしれない。

だから尊志にとって、これは早期退職ではなく転職なのだ。

天職に就くための転職。ちょっと格好良いではないか。

尊志は急いで弁当を食べ終えると、お茶を持って席を立った。

外に出ると、早春の日差しに照らされて、広場の地面が暖められている。ひなたぼっこにはもってこいだ。川へと下りる道を下っていく。

川があった。川幅は十メートルぐらいだろうか。川の中に大きな石が、ごろごろとあり、河原が広がっている。川の側は、やはりひんやりとする。だが、日差しがあるから寒くはない。

もう釣りをしている人が数人いる。なるほどここは釣りの穴場らしい。川の水は結構急だ。雪解けの時期だからかもしれないが。最近は、ゲリラ豪雨で突然大雨になるから、川の安全管理も大変だろう。

尊志は近くの大岩に腰を下ろした。ペットボトルのお茶を一口飲む。

「はあー！」

思わず大きな息が出る。ため息ではない。いいところだなあ、という大息である。こんなところで一日中川を眺めていたら、どんなにか良いだろう。そんなことを思ってしまう。

（きっと俺は疲れているんだ）

転職を決心して良かったと思う。ここならば、なんとかやっていけそうな気がする。

「移住説明会の方ですか？」

後ろから声を掛けられた。女性の声だ。

振り向くと、先ほどの若い職員がいた。笑顔で、こちらを向いている。

「そうです……君は役場の人？」

「はい、去年から勤め出しました」

「え、去年というと、卒業したばかりで、ここに？　地元の人？」

「いえ、東京から。と言っても、もとはこの村に居たんですが、子供の頃に東京に移転して」

「どうして、こんなところに？　あ、ごめん」

「いえ、こんなところでも、楽しいことがたくさんあるんですよ。わたし、ここの暮らしが忘れられなくて、ここに舞い戻ったんです。風和村役場で人を募集していたので」

「そうか、君がいたころは風和村じゃなかったんだね」

「はい、風和村で新しい生き方を見つけたいと思って」

それなら尊志と同じではないか。

「それじゃあ僕の先輩になるわけだ」

「え？　移住されるんですか？　ここに？」

「うん。そのつもりだよ。でも、人数制限で落ちるかもしれない」

「そんなことはありません。全然人が足りないんです。是非、来てください」

「確か、里の学校の敷地内にある住宅に入ると言ってたけど」

「そうです。あ、これから緑風園の見学ですね」

「緑風園っていうの？　あの学校」

「ええ、私が付けたんですよ。緑の風。いのちを育む里って感じがするでしょう？」

（お、いのちを育む里づくりが出たか。彼女はきっと共感したんだろうな、風和村の理念に）

「いい名前だね。僕も、やる気が出てきた」

「わたし、萩原《はぎわら》弘子《ひろこ》って言います。『ひろ』は弘法大師の弘という字です」

（弘法大師とはまた……渋い）

「家が、真言宗なもので」

「ああ、この辺は真言宗が多いの？」

「近くに真言宗のお寺があるんです。だから、この辺りの家は、ほとんど真言宗です」

関東近辺の田舎は浄土宗が多いと思っていたが、ここは山岳信仰がらみかもしれない。ちなみに、尊志の実家は臨済宗だ。だが東京に出てきてからは、これといった宗派はない。お盆にクリスマス、正月と、なんでも祝う。

「で、君は今独りで住んでるの？」

「ええ、昔の家がまだ残ってたもので。修理しながら使ってます」

「そりゃ、えらいなあ。不便じゃない？」

「トイレとかお風呂とか、やっぱり都会はいいなあって、たまに思うこともありますけど、慣れれば十分にやっていけます。畑で野菜も作れるし」

（そうか、農のある暮らしを、もう実践してるのか）

「あ、もう、いかなきゃ。じゃあ、お先に失礼します」

「じゃあ」

手を挙げて別れる。走っていく弘子の背中を見ていた。

（清々しい子だ。これからは、あんな子が幸せに生きていける時代になるといいけど）

沙里と舞里の顔が浮かんだ。十三時五分前だ。

「まずい、まずい、権藤さんに叱られる」

尊志は走って坂道を上っていった。

大会議室では、すでに全員が着席していた。あわてて自分の席に座る。座るとき、服部美智子と目が合った。主婦と二人で座っているようだ。笑顔で会釈する。

尊志が席に着くとすぐに、権藤助役が現れた。

黒板の前で一礼する。相変わらず律儀な人だ。参加者も座って頭を下げる。

「さて、それでは、いよいよ本日のメインイベントです。風和村を実際に見て頂きます。これから荷物を持って、皆さん、先ほどのバスに乗り込んでください」

「え？　もう行くんですか？」

「はい、説明は、ほとんどバスの中でやってしまいましたので。あとは実地見学です。風和村の中でも大きい集落と、里の学校を見ていただきます」

（緑風園か……）

参加者は、再び、バスに乗り込んだ。

権藤助役が乗り込むとすぐに、バスは来た道を戻る格好で東へと向かう。

バスは五分ほど川沿いの道を走った後で、分かれ道を北へと上っていく。当然のことだが、集落は山の南斜面に作られている。さらにバスで三分ほど行くと、集落が見えてきた。

山の麓に作られた集落である。ただ、平地は結構広い。山裾から棚田が広がっている。石垣で畦が作られている。棚田の間に家々が点在し、家の周りに畑が広がっている。家の数は、五十軒ほどだろうか。大きな集落でこの程度だから、小さな集落ともなれば、数軒という所もあるのだろう。しかも、これらの家の全てに人が住んでいるとは限らない。

権藤助役が言っていたように、数軒の家が固まっているところはないようだ。各家とも周囲と十分に距離を保っている。ただ、それは、自分の家の田畑が家の周囲にあるからと言ってよい。

古い家ばかりである。中には茅葺き屋根の家もあるようだ。鶏小屋だろうか、小さな小屋も各家の周囲に見える。

「この集落は、中集落と呼んでいます。風和村では、川に沿って、三つの大きな集落があります。ここが中集落、そして東集落と西集落があります。村役場は、中集落と西集落を繋ぐ道の途中に在る、というわけです。

これらの集落は、主に林業が主要な産業でした。田畑は自給用です」

（こんな山の中で、自給自足の生活を送ってきたのだ）

「戦後、海外からの安い木材が輸入されて、ここの林業も廃れてしまいました。その結果、多くの人が都会へと移転していったのです」

（萩原弘子の家も、そのひとつなんだ）

「ただ、この中集落と東集落にはまだ人が住んでいます。あの、役場の前を流れる川は、辰背川と言う名で、ご覧になった方もいると思いますが、大きな岩がゴロゴロと川の中に在り、しかも水の流れが急なので、龍の背に見えるというところから付けられた名です。イワナとかヤマメとかが豊富にいるので、渓流釣りの人達がかなり訪れます。村の人達は共同で民宿を経営して、生計を助けています」

「林業は、もう、やっていないのですか？」

「そうですねえ、今は休業といったところでしょうか。伐採、搬出、加工にかかる費用の方が売上よりも多く、言わば赤字経営ですので。ペレットにしたり木質バイオマス発電でもすれば大きな産業になるかもしれませんが、それはこれからです。皆さんの肩に掛かっています。やりがいがありますよ」

（それは俺の仕事になるのかな？　発電所の建設なんかも工学に入るんだろうか？）

「さて、ここはこのくらいにして、次は西集落に行ってみましょう」

「もう、行くんですか？」

「降りないんですか？」

そう、我々はバスから降りていない。窓に顔を付けるようにして、皆、外を眺めているだけなのだ。丁度昼過ぎで、太陽は中天にかかっているけれども、まだまだ外は寒そうだ。その点、バスの中は暖かい。

（まあ、外に出なくても集落は逃げない。ひょっとしたら、いずれは、この集落に住むことになるかもしれない。景色なら、後で、たくさん見ることが出来る）

「西集落に行ったら、みなさん、降りて貰います。山の中ですから三月でも寒いですよ。覚悟してください」

（我々だって東京に住んでいると言っても、都会からは離れた街だ。贅沢な生活をしているわけでもないし、それほど柔ではない）

バスは、もとの川沿いの道に出て、今度は西に向かう。あっという間に役場の前を通り過ぎ、さらに西へと行く。この道は、どんどん山の中に入っていくようだ。道も舗装だが、かなり狭くなっていく。これだと普通車がやっとすれ違える道幅だ。山がかなり両側に迫ってきていて、視界が狭い。なるほど、中集落と東集落に比べて、西集落は相当山の中に作られているらしい。これでは人が減るのも、まあ、無理はないと思っていると、バスは西集落の入り口の広場に到着した。

皆、言葉が出ない。

（これは……本当に山の中なのか？）

平地が広がっている。遠くに、ゆるやかな山の稜線が見える。近くは、山というよりも小高い丘だ。そして、平地の真ん中に一本川が流れている。この川は、山の中から流れ出して、あの辰背川に流れ込むのだろう。広い川ではない。幅五メートルほどの、春の小川的な川だ。さらさらという音が聞こえてきそうだ。

川を挟んで両側に田圃や畑が広がる。

（牧歌的で、よいところではないか。なぜ、ここが無人なのだろう。まさか、遠い過去に事件があって、大勢が亡くなったとか？　流行病で集落が全滅したとか？　まさか小説ではあるまいし）

それに、この美しい眺めには、そんな暗い過去は似合わない。それほど桃源郷のようなところなのだ。川の向こうの林はなんだろう。春は山桜が満開だろうな。そして秋は紅葉だ。ここに立派なお寺がないのが残念だ。聖徳太子が建てた法隆寺も、きっとこんな所だったに違いない。

尊志が一人、そんな想像に浸っていると、権藤助役の声がした。

「さあ、みなさん、着きました。ここが西集落、里の学校のあるところです」

「あ！」

と思った。

（そうか忘れていた。緑風園！　里の学校だ。そうか、ここなのか、それにしても……）

皆、バスから降りて、その景色に圧倒されている。

何よりも、あの絵にそっくりなのだ。あの里の学校の絵。誇張でも何でもない、当にあれとそっくり、山中に開けた桃源郷のような世界なのだ。

資料を取り出して見比べている人もいる。

「ここはいったい、なんなのですかな？　こんな広いところ、桃源郷としか思えん」

鈴木さんが声を上げた。

「そうでしょう。わたしも初めはそう思いました。それほど美しいところですよね」

皆が頷いている。

「でも、これが西集落だったのです。だったのです、というのは、今は人が住んでいないからです」

「どうしてここに、誰も住んでいないのですか？」

若い中野君が尋ねる。

「理由の一つは、アクセスの悪さでしょう。ここに来るには、中集落から、さらに山の中に入ってこなければなりません。車のない昔は、相当難儀したことでしょう。

それから、もう一つの理由は、ここは、ある集団が住んでいた、言わば隠れ里だったのです」

(なんと、隠れ里が出てしまった。これは、想像の世界が現実になったぞ)

「完全に孤立した集落だったので、血の濃さから、人が減っていきました。他の集落とも付き合いが薄かったので、アクセスの悪さも加わって、人の流入も少なかったのでしょう。とうとう一人も居なくなってしまいました。実は、私達がここに来た時、こんなに美しくはなかったのです。草ぼうぼうで、雑木林に覆われて、それこそ荒れ放題でした。いつ山林に戻ってもおかしくない状態だったのです。それを、ある人が買い取って、ここを整備したのです」

「だれですか？」

「村長です」

「そういえば、村長さんはどうしたの？　まだ会ってないけど」

美智子さんが尋ねる。

「すみません、村長はまた資金集めで駆け回っていて、今日も無理なようです。大変に申し訳ないと詫びていました」

「村長さんは、何をやってた人なんですか？」

「さあ、わたしもよくわかりません。ただ、先祖はこの近くの出身で、東京で一旗揚げて成功したようです」

（一旗揚げたのか……成功して、故郷に錦を飾った、と思いきや、故郷は廃村寸前だった……そこで、村長になって、こんな美しい所を復活させた。いい人のようだ）

「さあ、では、ちょっと歩いてみましょう。川に沿って径がありますので、あの向こうに見える建屋まで歩いていけます」

権藤助役は歩き出した。それに従って、皆、ぞろぞろと歩いて行く。

絵にあったように、川が曲がりくねって遠くの森の方まで続いている。その森の手前に、紅い屋根のかなり大きな建屋がある。あれが学舎だろう。

絵にあるビジター館はまだ無いが、その敷地を越えたところで、径は右に曲がり、川から離れていく。少し歩くと左手に畑が広がり、ここにも赤屋根の建屋がある。

その前で立ち止まる。

「これが食育館です。ここで採れた米や作物を使って、健康でおいしい食の研究をするところです。レストランも併設していますので、ここで働く人やビジターの食事も提供します」

「設備は出来ているんですか？」

「はい、この食育館と向こうの農学館は、学舎と共に里の学校の要となりますから、まず最初に必要最小限の設備は整えました」

食育館の向こうに青い屋根の建屋が見える。あれが農学館だろう。

「そうすると、すぐにでも田圃や畑は使えるということですか？」

「そういうことです」

食育館の先には建屋はない。計画でいくと、民芸館、芸能館、里山自然館ができるのだろう。

一行は食育館の側を通り、芸能館の付属であろう広場を横切って、田圃の前に出た。ようやく雪が溶けた、といった田圃だ。これから田起こしが待っている。

田圃の側に径がある。その径を歩いて行くと、学舎の前に出た。

入り口からここまで、歩いて三十分というところだろうか。ということは、大体二キロ。里の学校の敷地は、大凡、二キロ四方というところだ。結構広い。

「ここが学舎、皆さんが勉強するところです。教室の他に講堂や会議室、宿舎もあります。隣は図書館です」

回り込んでみると、なるほど同じ紅い屋根の小ぶりの建屋がくっついている。

「今、蔵書は、村長とわたしの本だけです。ここに、みなさんの本をどんどん寄付してください。あ、移住されない方でも家に余っている本があれば、送っていただけると助かります」

(そういえば、俺の本も家に相当あるな。読まない本をこんなに買って生活するところが無くなっちゃうじゃないの！　と、悠里に叱られたものだ。

「俺は、積ん読派なんだ！」

と言っても、今の主婦には通用しない。なるほど、ここならば全部持ってくることができる。何時かは読もうと思っていた本だから、ここに寄贈して、好きな時に読めばいいのだ。これは妻も喜ぶ）

尊志がにやついていると、遠藤助役が気づいて、にこりと微笑んだ。

慌てて真顔になるが、もう遅い。

「二宮さん、何か考えがおありですね。是非、よろしくお願いします」

「え、二宮さんは、ここの館長さん？　それはすごいわ！」

案の定、耳ざとい美智子さんが聞きつけて、話を増幅する。

断っておくが、美智子さんというのは、あの服部美智子のことだ。

「いやいや、まだまだ」

尊志が必死に手を振るのを見て、何を勘違いしたのか、

「川の向こうが科学館の予定ですから、両方、面倒見てもらえますね」

権藤助役は決めてしまったようだ。

（やはり、俺は科学館に配属されるのか）

職業柄、それは仕方がないだろう。それだけスキルを持っているということだ。ありがたいと思わないといけない。しかし、学舎の館長と掛け持ちというのは……どう

も荷が重い。

（まあ、頼られるうちが華なのだ、と思っておこう。まんざら嫌でもないし）

学舎の裏から橋を渡って、川向こうに出る。今度は小径を、緑風園の入り口の方へと戻る。

「こちら側には科学館と福祉館、薬草館ができる予定です」

見ると、福祉館付属の園庭だろうか、ちょっとした広場と、その先に広い畑が見える。今は何も植わっていないようだが、ここで薬草を育てるようだ。

（小石川養生所みたいだ。そういえば、あの養生所には薬草園が併設されていたな）

尊志は実際に小石川に行ったことはない。テレビの時代劇で観ただけだ。

川に沿って小径を下っていくと、小さい橋が架かっている。石の橋だ。この橋を渡れば、先ほどの食育館に行くことが出来る。

（そうか、科学館とか薬草館とか福祉館で働く人は、この橋を渡って、食育館のレストランで食事を取るという仕組みか）

橋の下には綺麗な水が流れている。この上流に民家はないから、湧き水がそのまま流れてきているのだろう。

（きらりと光ったのは魚かな？　泥鰌なんかもいるんだろうな。土手には蓮華の花も

咲くだろうし）

　橋を渡らずに、さらに川に沿って歩いていくと、住宅らしきものが見えてきた。各家の前には小振りの畑もある。

「これが体験住宅です」

　絵では三棟になっているが、実際には五棟ある。

「皆さんには、初め、この住宅に入っていただきます。ここで、畑を耕しながら学舎で勉強して、研究館を立ち上げていただきます。言ってみれば、緑風園の住み込みスタッフというところですか」

「本当の住居にはいつ入れるんですか？」

「風和村の農地付き賃貸住宅は、現在、東集落に建設中です。体験住宅での生活をフィードバックしていただいて、実際の住宅を造っていきますので、最初の一年間は体験住宅での生活と思ってください。申し訳ありませんが」

「五棟しかないので、共同生活ということですか？」

　ここは尊志が質問した。人付き合いの苦手な尊志には、ちょっとした問題だ。

「はい、そのとおりです。ただ、各人の個室は確保したいと思います。間が大切ですからね。一棟につき四部屋在りますから、大丈夫だと思います」

（台所とか、風呂、トイレは共同ということか）

「ちょっと、入ってみましょう」

家は、曲り家風になっている。と言っても、馬小屋とかではなく、作業小屋が直角に付いている。付け根のところが入り口で、土間になっている。土間の横の板の間に囲炉裏が切ってあり、ここが共同スペース、言わば、リビングといったところだ。

権藤助役は、靴を脱いで板の間に上がる。皆、それに倣って、靴を脱いで上がる。囲炉裏の周りがほんのりと暖かい。見ると、灰の中で炭が熾っている。自在鉤に鉄瓶がぶら下がっており、かすかに湯気が吹き出ている。

皆、その湯気にじっと見入っている。尊志も何故か、その湯気に郷愁を感じた。

仕切り戸を開けると、その奥に、六畳の畳部屋が三部屋、続いている。ただ、これは、長い座敷を襖で三部屋に分けたものだ。家族ならば、一番手前が居間、真ん中が座敷（ここに箪笥や仏壇などを置く）、奥は客間といったところだろうか。

畳部屋の後ろには長い廊下があり、玄関の板の間から繋がっている。

この廊下は畳部屋を一周りして、庭へと回っている。そこに、待望の縁側がある。住宅は南に面しており、今、雨戸は全開にしてあるので、縁側には春の日差しが燦々と降り注いでいる。縁側の向こうには畑が見える。

縁側に足を踏み入れた途端、冷たかった足の裏がじわじわと暖まってきた。できれば、ここにごろりと寝転がって昼寝でもしたいくらいだ。

（やっぱり田舎に縁側は必須だな。梅干しを干すのにも良い）

縁側と畳部屋は障子戸で仕切られているので、ここから各部屋には出入り自由だ。さらに囲炉裏のある板の間からは、仕切りの扉を開けて、直接縁側に出ることができる。つまりは、畳座敷を板の間がぐるりと取り囲んでいる、という格好だ。

廊下を挟んで畳部屋の北側は、納戸と寝室になっている。共同で使う場合、この寝室が居間になるのだろうか。ここは北側だし、日当たりの良い三部屋を個室にするべきだろう。

縁側から、土間横の板の間に戻る。今度は、家の北側へと廊下を歩く。

廊下の突き当たりはトイレになっており、その横に浴室、手前に台所がある。

台所は、土間からも上がれるように段がつけてある。

予想に反して、台所はシステムキッチン、トイレは水洗、浴室はユニットバスである。

昔ながらの、井戸水の台所と、旧式の便所、五右衛門風呂かと思った。

「水回りは最新式です。田舎だからといって、昔のような生活をしろとは言いません。

昔の暮らし方がいいという人もいますが、それだけの時代を積み重ねてきたのですから、昔の良いところは取り入れながら、現代に合った快適な暮らしをするというのが理想だと思います」

（確かに、そのとおりだ。まあ、これならば、ここの暮らしもよさそうだ。なんといっても囲炉裏があるのがいい。囲炉裏は若い頃からの憧れだ。囲炉裏の火は、いつまで見ていても飽きない。ただ薪割りが大変だろう。ああ、ここは炭か？　確か、民芸館付属の炭焼き小屋があったと思う。まだ出来てはいないようだけど）

「二階はないんですか？」

もっともな質問が出た。

「そう、そこです。二階を作るかどうするか、現在悩んでいるところです。昔は、風通しのよい二階を使って蚕を飼っていたものですが、今は養蚕業は廃れてしまいました。これは、どこの田舎でも同じです。経済至上主義に巻き込まれすぎたのです。もし必要ならば二階を作りますが、これは皆さんが実際に暮らしてみて、答えを出してもらうことにしたいと思います」

「権藤さんは、どう思いますか？」

「わたしですか？　……うーん……わたしは昔の職業柄、よく物を書いたりするんですが、そういった物書き部屋いわゆる書斎ですね、そういうのが二階にあったらなとは思います。が、それは各人の好みですね。欲しい人は二階を持てばいいと思います」

「居住者が勝手に二階を増築しても良いんですか？」

「そうですね。それも問題ですね……いや、ありがとうございます。検討課題としましょう」

そう言って、権藤助役は土間に下りた。

「お隣は、農や民芸などの作業場になっています。昔は土間のことを『にわ』と呼んで、冬場は外に出ないで済むように土間で作業をしたそうですが、ここは屋根続きの作業場があります」

土間から作業場に入る。板敷きの十畳ほどのスペースがある。その向こうは、物置小屋だ。

なるほど、ここならば、四、五人が集まって、民芸品づくりなんかもやれそうだ。

「材料は、里山の幸を存分に使ってもらいます。わら細工には田圃が必要ですが、山の蔓草で籠を編んだり、竹細工をしたりすることができます」

「竹林もあるんですか？」

「あります。里山自然館の辺りは、竹林になっています。ただ、竹林は放っておくとどんどん広がりますから、管理が必要になります」

（なんでも野放しで使えるわけではないのだ）

一行は土間に戻り、板の間に上がったり腰掛けたりして、てんでに寛いでいる。さすがに二十人近くになると、この土間では狭すぎる。中には、表に出て前の畑を眺めている人もいる。

お昼の男性職員が現れて、囲炉裏に掛かった鉄瓶からお湯を注いで、お茶を入れてくれた。懐かしい田舎の光景だ。

「彼は、野田信平《のだしんぺい》君と言って、風和村役場の職員です。集落のお年寄りには信ちゃんと呼ばれて親しまれています」

野田信平は、ぺこりとお辞儀をした。

「信ちゃんは地元の人？」

質問したのは、もちろん美智子さんだ。

「はい。中集落です」

信ちゃんは口数が少ない。代わりに権藤助役が話してくれた。

「野田君は、もともと旧村役場の職員でしたが、風和村に変わるに当たって、多くの職員が外に出て行った中で残ってくれた数少ない人です」

「偉いねえ。で、どんなところが良いの、風和村は」

「何も無いところがいいです。何も無いから自分でいろいろ考えて、やりたい事ができます」

信ちゃんがボソリと言う。なるほど、けだし名言だ。

「野田君は役場の仕事を全て担当しています。財務係から戸籍係、広報係まで」

「ほう、大したもんだ」

信ちゃんは、にこりと笑って頭を掻いた。都会には居ない純朴な青年だ。

「さて、ということで、みなさんには、ひととおり観ていただきました。どうでしたか？　ここで、やっていけそうですか？」

唐突に、権藤助役は話題を戻した。

皆、頷いている。頷いてはいるが、本当にやっていけそうかどうか、暮らしてみないと分からないのが本音だろう。

「エアコンは付けないのですか？」

「ここは、エアコン無しでも十分にやっていけます。ただ、冬はやはり寒いですから、ストーブとかこたつは必要でしょう。

木質ペレットのストーブなんかは、たいへん暖かいですね。ただ、狭い部屋では使いにくいですから、もっと広い居間が必要かも知れません。六畳二間を続き部屋にして板敷きにするとか。その場合だと、二階があった方が良いですねえ。石油ストーブは避けたいと思います。空気も悪くなるし、第一、倒したら危険です。それを考えたら、エアコンが一番安全でいいかもしれません。

これも暮らして貰って、解答を見つけてゆくのが良いでしょうね。他に質問はありますか？」

「風和村は、現在五〇〇人程度とおしゃっていましたが、これからどう増やしていくのですか？」

なかなか現実的な質問が出た。これは村の持続可能性の問題なのだ。

「毎年、十世帯ぐらいずつ増やしていければと思います。十年続ければ、一〇〇世帯になりますから、二、三〇〇人ぐらいは増えるでしょう」

「それで少なくありませんか？　少なくとも千人程度は欲しいと言われてましたよね」

「確かにそうですが、一度、廃村寸前に追い込まれたところですから、そう簡単に人は増えないと思っています。無理に人を増やそうとすると、経済至上主義に巻き込まれることになります。ただ、皆さんの努力で、外に対してアピールすることはできます。いのちを育む里づくりだと分かってもらえれば、人は増えてくると思います。それに、村には丁度良い人数というものがあるでしょうから。それが五〇〇人なのか千人なのかはわかりません。とにかく、やってみることだと思います。あれこれ心配していても先には進みません。

それに、万が一ここが嫌になれば、出ていってもらっても構いません。これは意地では無くて、単に里での暮らしが合わないということだと思います。農地も住宅も賃貸ですから、出て行くのにしがらみは少ないはずです。ここが嫌になれば都会へ出て行く、都会が嫌になれば戻ってくる。それでいいと思います。もう昔のように、しがらみに縛られることはありません。それだからこそ、いのちを育む里づくりができると考えています」

拍手が起こった。皆、権藤助役の意見には賛成なのだ。ただ、それで上手くやっていけるかどうか不安なだけなのだ。

（とにかくやってみるしかないな、悔いのない人生を送るためにも）

尊志は改めて風和村に移住することを決心した。だめもとという言葉は悪いが、今更失うものなどないのだ。後は、自分の思うままに進むことだ。

参加者は、番茶を飲みながら、今の権藤さんの言葉を噛みしめている。

「資料の最後のページに、わたしの信条を付けさせて貰いました」

最後のページを見ると、

『物事を成し遂げるには、信念とビジョンと情熱が必要である』


と書かれてある。

「何事も、信念とビジョンと情熱が必要です。このどれか一つが欠けても、事は成し遂げられません。成し遂げるということが大事なのです。そのためには確固とした信念が必要です。しかし信念だけでは、何をどうして良いか、やりようがありません。ビジョンがあって初めて目標が生まれ、何をすればよいかが見えてきます。そして、何事も情熱を持ってやることが大切です。嫌々やっていたのでは、決して物事は成就しません。これがわたしの信条です」

権藤さんは頭を下げた。

再び拍手が起こった。今度は情熱の籠もった拍手だ。

「では、そろそろ三時になりますので、この辺で説明会は終わりにしたいと思います。

後は皆さん、お家で、よく考えていただいて、あ、ご家族ともよく相談してくださいね、それで移住するかどうかを決めてください。移住を希望される方は、三月十五日までに連絡を頂きたく思います。こちらから必要書類をお送りしますので、それに記入して、お送りください。

入村式は四月一日です。その日に、みなさんは、晴れて風和村の住民になられます。それでは、これが良いご縁であることを祈って、ご連絡をお待ちしています。

本日は、ありがとうございました」

最後の拍手が起こった。

権藤助役は深々と頭を下げた。後ろの信ちゃんも深々と頭を下げた。


帰りのバスには権藤助役は乗らなかった。

皆、疲れもあってか、帰りは静かにバスに揺られて帰った。

尊志も、ほとんどの時間を眠ってしまった。

いい眠りだった。目覚めが実にすばらしかった。しがらみがないというのが、こんなにもすばらしいものなのか。いや、それよりも、前途洋々という気分だ。人生に目的があるというのはやはり良いものだ。

バスは午後七時前に、公民館の駐車場に着いた。もうすっかり夜だ。

参加者がバスを降りていく。

尊志がバスを降りると四人が待っていた。おっと、女の子も居るから五人だ。

「二宮さん、今日は、お疲れ様。じゃあ、みなさん、四月一日に風和村で会いましょうね」

美智子さんが、にこにこしながら言った。

「うむ、四月一日に」

鈴木さんが言う。

「風和村で」

中野君が言う。

「よろしくお願いします」

綾香さんが頭を下げる。梨香ちゃんもぺこりと頭を下げる。

みんなが尊志を見る。

「僕は、みなさんと出会えて、ほんとうに嬉しいです。これから、よろしくお願いします」

尊志は笑顔で言って、頭を下げた。

皆、

「よろしくお願いします」

と頭を下げた。

顔を上げて、笑い合った。

人生の仲間が出来た。

尊志、移住する

四月一日は、朝五時に起きた。すがすがしい春の朝だ。天気も良好、いよいよこれから初出勤だ。

風和村での見学の後、家族会議をした。

妻も子供達も、移住決定を喜んでくれた。

「お父さん、これから新しい人生のスタートね！」

沙里が言ってくれた。

「暇が出来たら、遊びに行くからね」

舞里は、志望大学に合格して、数日後には入学式だ。もう、気持ちは新しい大学生活に向いている。父親と一緒に田舎に行きたい、と言ったことなど、すっかり忘れている。それでいいのだ。人間到る処青山ありだ。都会が嫌になったら、里に行けばいい。これからは、そういう時代だ。

「お父さん、釣りばっかりやってちゃだめよ。ちゃんと働いてね」

悠里に、釣りの話をしたのは失敗だった。移住の目的が釣りだと思われてしまった。まあ、当たらずしも遠からずだが。

「その心配はないよ。たぶん、最初の一年は畑と学校で忙しくて、釣りどころじゃないだろう」

釣りもやるつもりだが。

「そうだった、お父さん、館長さんになるんだよね」

「なんにも無い館長さんだけどね」

「いいなあ、それって。わたしも風和村に就職しようかな」

沙里は今年、就活だ。もう活動は始めているようだが。

萩原弘子の顔が浮かんだ。まあ、どこで働くかは沙里しだいだ。

「まあ、なんとかなるさ」

「そうだね」

全員で笑った。笑ったら、なんとかなる気になってきた。家族で笑い合うなんて、久しぶりだ。

尊志は、リュックを背負うと、玄関に下りた。

「じゃあ！　いってきます」
「いってらっしゃい。気を付けてね」
悠里が玄関先で手を振る。
いつもの挨拶だ。娘達は、まだ寝ている。春休みだ。
尊志は玄関を閉めた。
前を向く。
駅までは歩いていく。いつものことだ。車は悠里が使う。
電車で最寄り駅まで行けば、風和村のマイクロバスが迎えに来てくれる。
空を見上げた。もうすでに太陽が昇っている。日差しが顔に当たって眩しい。
風和村の方角を眺めると、雲はなく、遠く山並みが見える。
(ここからも見えるんだな)
その山に向かって歩きだす。
前途洋々だ。

導入編に続く

里で暮らそう　導入編

尊志、移住する（承前）

四月一日、月曜日、午後一時、風和村入村式が催された。これは風和村の住人となるためのある種、儀式であり、ついでながら村役場の入所式を兼ねている。住民票は既に風和村に移してある。

入村式は役場の講堂で執り行われた。

百席ほどは確保できそうな板敷きの講堂の中に、パイプ椅子のみが置いてある。

前方には教壇らしき木の机があり、その向かって右側、出入り口の扉の横に、役場スタッフの席が設けられている。

ここに、村長、助役、課長二名と続き、その後ろの席に男性所員二名と女性所員二名が座っている。この中には、三月の見学の時に知り合った野田信平と萩原弘子がいる。

部屋の中央には二十席のパイプ椅子が置かれており、そこに新しく移住する人達が座っている。

移住者は全部で十三名。老人もいれば子供もいる。世帯主に加えて家族もいるということだ。皆、緊張した面持ちで教壇を向いて座っている。

役場スタッフ席から、前列末席の四十歳台くらいの課長が立ち上がり、教壇横に立った。

「これより風和村入村式、ならびに風和村役場入所式を開催いたします。初めに、風和村村長である稲村胎蔵《いなむらたいぞう》より、ご挨拶を申し上げます」

課長は、そのまま教壇斜め後方の椅子に座った。

同時に村長が立ち上がり、つかつかと歩いて教壇に立った。皆をひととおり見回した後、深々とお辞儀をする。

新住人達も座ったままお辞儀をする。

「皆さん！　風和村へ、ようこそおいでくださいました。わたくしは、当風和村の村長を務めさせていただいております、稲村胎蔵と申します」

がっしりとした体格の村長である。背はそれほど高くはない、むしろ低い方だ。丸顔で、半分薄くなった頭髪の下に、ぎょろりとした目が付いている。目だけではない、顔の造作全体がでかい。眉が太く、鼻は団子鼻で大きな口がぱくぱくと開いている。ちょっと見では西郷さんに似ている、とは尊志の第一印象である。もっとも、尊志は西郷さんに会ったことなど無い。本に載っている、着物を着て犬を連れた西郷さんに似ていると思ったのである。ただ、最初の挨拶の仕草や声などから判断すると、大らかな性格のようではある。西郷さんのように、優しくて頼りになる存在ということだ。

「わたしの名は胎蔵と言いますが、字は、こう書きます」

稲村村長は、やおら後ろの黒板を振り向くと、自分の名前を書き始めた。

(泰造とか大蔵ではなく、胎蔵と書くのか。変わった名前だな)

「このあたりは真言宗のお寺が多くて、初めは泰蔵と付けるはずだったのが、名前を登録する時に急遽考え直して胎蔵と付けたのだと、親から聞いております。まあ、名付けられた子供からすれば迷惑な話ですが、わたしはこの名前で大分救われました」

稲村村長は皆を見回して、にこりと笑った。

(笑うと、やはり西郷さんのようだ。太い眉が八の字になり、大きな目玉がぐりぐりするのが可笑しい)

「真言宗の仏具に曼荼羅というのがあります。曼荼羅はこの世界の実相を現したものですが、金剛界と胎蔵界があります。金剛界は智慧を現し、胎蔵界は慈悲を現します。この胎蔵が、わたしが親より授かった名前です。他を慈しむこと、他者のために生きることを、己の信条としてきました。この信条が、風和村の里づくりに活かされていると自負しております。

みなさんは、ここにおられる権藤助役からお聞きになった風和村の理念、すなわち『いのちを育む里づくり』に共感して、移住を決意されたのだと思います。里はいのちを育み、都市は精神を養う。里こそは慈悲を実践する場であると、わたしは考えております。

皆さんには、風和村の住民になっていただくと同時に、いのちを育む里づくりを担う仲間として、是非、共に生きていっていただければ、ありがたく存じます。

何卒よろしくお願い致します」

稲村村長は、また深々と頭を下げた。拍手が上がった。真っ先に拍手をしたのは、なんと尊志だった。村長の挨拶だから、こちらも頭を下げるのが普通なのだろうが、何故か拍手をしてしまったのだ。それだけ村長の言葉に感動したのだ。一体何処に感動したのか？　尊志は自問してみた。

（そうだ、他者のために生きるというところだ）

尊志は生まれてこのかた、他者のために生きるということを真剣に考えたことはなかった。学校での勉強も会社での仕事でさえ、自分のためだった。他者とは、競争して打ち負かすものだと思ってきた。そういう社会に生きてきた。しかし、そんな生き方に納得できない自分が居た。本当に、こんな生き方で良いのだろうか？　歳をとるにつれて、そんな考えが浮かぶようになった。そして今、その疑問の答えが示されたような気がする。他者のために生きる。なんと新鮮に感じられる言葉だろう。

村長も役場のスタッフも、笑顔で拍手を受けていた。

課長が後方の椅子から立ち上がって教壇横に立つと、一声を放った。

「盛大な拍手をありがとうございます。では、これより村長から村民証明書をお渡し致します」

教壇の上に、黒塗りの箱が載せられた。

「安斉《あんざい》栞《しおり》様」

名前が呼ばれた。

移住者の席から女性が一人立ち上がって、教壇へと進む。

稲村村長が、箱から一枚を取り出して読む。

安斉栞殿

貴殿は、風和村の「いのちを育む里づくり」に共感されて、入村を決意されました。

その決意に対して敬意を表するとともに、慈悲の心で里づくりに励んでいただけることを祈念して、風和村村民であることをここに証します。

令和〇年、四月一日
風和村村長　稲村胎蔵
証明書が稲村村長から安斉栞に手渡された。栞嬢は証明書を受け取ると、深く礼をして、厳かに座席に着いた。

次々と名前が呼ばれる。

「鈴木宗平様、佳枝《よしえ》様」

鈴木さんと奥さんが、同時に立ち上がった。家族は一緒に証明書を渡すということだろう。ただ、証明書は別々だ。その理由は、すぐにわかった。

「新城綾香様、梨香様」

(なるほど、梨香ちゃんだと一人で受け取るのは無理だな。だから家族一緒なのか。家族だということを、みんなにも覚えてもらえるし、好都合だ)

「田多良純《たたらじゅん》様」

四十歳台くらいの男性である。この中では尊志と一番、歳が近そうだ。しかし、一人で呼ばれたところを見ると、尊志と同じ単身移住か、あるいは独身か。

「中野健一様、里依《りえ》様、菫《すみれ》様」

（おお、中野君は一家三人か。菫ちゃんか、いい名だ。梨香ちゃんと同じくらいかな）

娘二人の尊志にとって、奥さんよりも娘の方が気になる。証明書を受け取って椅子に座るところまで、跡を追って見ていた。

「……様」

次の人が呼ばれた。

「二宮尊志様」

「あ、はい！」

突然呼ばれたので、思わず返事をしてしまった。いや、突然ではない。菫ちゃんを見ていたので、自分の名が呼ばれるのを聞き逃してしまったのだ。

（またやってしまった！）

「お待たせしました、二宮尊志さん！」

稲村村長が、笑顔で証明書を手渡した。

後方から小さな笑いが起こった。

（合わせる顔がない。これでまた、しっかり名前を覚えられただろう）

それは尊志にとっては、むしろ好都合なのだが。

「服部美智子様」

「はい！」

尊志に倣って、美智子さんも大きな声で返事をした。

「服部美智子さん、どうぞよろしくお願いします」

稲村村長も、大きな声で証明書を手渡した。

（美智子さんも一人か。コロッケ屋は畳んだのだろうか？）

「安田幸司《やすだこうじ》様、恵美《えみ》様」

（三十歳台の若夫婦だ。中野君よりも少し上のようだけど、子供はいないようだ）

安田夫妻が証明書を受け取った後、空の箱を課長が取り去った。

これで、新住民はすべてということだ。全部で八家族ということになる。

（うん？　八家族？　じゃあ、美智子さんの言っていた八犬士じゃないか、まさかな？）

わざわざ八犬士にするために、八組の家族を選んだわけではないだろう。だが、選ばれたというのは確かなようだ。というのは、尊志の場合にも、はるばると権藤助役が家にやってきて、移住の確認を取っていったからだ。きっと、緑風園の研究館に適した人を選んだのではなかろうか。初年度で住居数の問題もあることだし、移住希望者全員という訳にはいかないだろう。

尊志の場合には、需要と供給が一致したからすんなりといったが、人によっては村の方から移住を頼んだのではないだろうか？　特に、説明会の時の五人以外の人達、安斉氏、田多良氏、安田氏は、その線が強そうだ。

尊志は、安田夫妻が席に落ち着くまでの短い時間で、そんなことを考えていた。

稲村村長の声で我に返った。

「ただいまお渡しした村民証明書は、住民票のような公的な証書ではありません。言ってみれば、一緒に里づくりをやっていきましょう、という決意を共有するものであります。どうかみなさん、今のこの気持ちを忘れずに、風和村で新しい人生を築いていっていただきたいと存じます」

稲村村長は深々とお辞儀をして、席に戻った。

課長が教壇の横に立って、声を上げた。

「以上を持ちまして、風和村入村式を終了致します。引き続き、風和村役場入所式を開催致します」

課長に続いて、再び稲村村長が教壇に立った。

「えー、入村式が終わり、皆様は晴れて風和村の村民になられました。村長からお喜び申し上げます。

さて、ご存じのように、風和村は現在、いのちを育む里づくりの真っ直中にありま す。この度、村民になられた方々には、こちらからお願いして村営里の学校『緑風園』のスタッフとして就業頂くことになりました。村営ですから、みなさんは風和村役場の職員になられるわけです。

職員だからといって、役場のノルマに縛られるわけではありません。みなさんには、里の学校の立ち上げスタッフとして、思う存分、力を発揮していただきたいと思います。進め方はすべてみなさんにお任せいたします。もちろん、役場スタッフも補助させていただきますし、村内外の方からのアドバイスや指導が受けたければ、役場の方で手配致します。大切なのは、希望を持って、明るく楽しくやっていきましょう、ということです。ただし、この里づくりの理念である八つの知恵は、常に念頭に置いていただきたいと思います。すなわち、

『風里農芸共資祭和』

であります。

みなさんとは、これから長いお付き合いになることと思います。里づくりは、皆一緒に助け合って進めていくものであります。古い新しいに捕らわれることなく、人と人との繋がりを大切にして、邁進していただきたいと存じます。どうぞよろしくお願い致します」

村長のお辞儀に合わせて、皆も椅子の中で深くお辞儀をした。

課長が、今度は登壇した。

「えー、ここで、緑風園各施設の担当スタッフをご紹介させていただきます。みなさまには既に、ご承知いただいているとは存じますが、スタッフ同士の情報共有のためにも、ここでご紹介いたします。

まず、緑風園全体のとりまとめ、すなわち園長ですが、ここにおります権藤助役が務めさせていただきます」

権藤助役が立ち上がって、頭を下げた。

(おお、権藤さん、ここに出てきたか。もっともなことだ。権藤さんがいなければ、緑風園自体が成り立たない)

「続きまして、村民の学びの場である学舎の館長を、二宮尊志様にお願いしてございます。仕事内容は、学舎で実施される各研修の企画及び運営であります。また、二宮様には科学館の館長もお願いしており、大変お忙しくなるとは存じますが、ご本人には快くお引き受けいただきました」

会場から拍手が起こった。

尊志は立ち上がって、お辞儀をした。前席の美智子さんが後ろを向いて、盛大な拍手を送ってくれている。

（まあ快くでもなかったけど、特に拒否はしなかったから、しょうがないだろうな。期待されてるようだから）

ただ、仕事内容の経験は、まったくない。

「なお、学舎の事務担当として、役場スタッフの荻原弘子が就任いたします」

荻原弘子が立ち上がって、

「よろしくお願いします」

と、大きな声で挨拶して、お辞儀をした。

またまた拍手が起こった。

（なんと、弘子ちゃんが事務担当か、知らなかった。彼女なら仕事がやりやすい）

「続きまして、緑風園付属の各研究館について、館長のご紹介をさせていただきます。

里山自然館の館長、安田幸司様」

安田氏が立ち上がって、お辞儀をした。

「同館の副館長に、奥様の恵美様が就任されます」

奥さんが立ち上がって、頭を下げた。

（夫婦揃って同じ仕事か。うらやましいな。きっと、大学で同じ学科だったんじゃないかな）

「農学館の館長、中野健一様。奥様の里依様も、スタッフとして参加されます」

二人が立ち上がって、頭を下げた。ついでに菫ちゃんも立ち上がってお辞儀をした。

会場から小さな笑いが起こった。

（なるほど、親子三人で農学館の立ち上げか。これは強力だ）

「民芸館の館長、田多良純様」

田多良氏が一人立ち上がって、お辞儀をした。

「食育館の館長、服部美智子様」

美智子さんが立ち上がって、

「よろしくお願いします！」

と高らかに宣誓して、お辞儀をした。

「薬草館の館長、安斉栞様」

栞嬢が立ち上がって、お辞儀をした。移住メンバーの中では唯一、独身女性らしい。

（若いけど、しっかりした感じだ。薬学部あたり出てるんだろうな。薬剤師さんかな）

「福祉館の館長、新城綾香様」

梨香ちゃんも同時に立ち上がって、綾香さんと一緒にお辞儀をした。梨香ちゃんは、菫ちゃんに手を振っている。またまた笑いが起こった。こういうところでは、子供は人気者だ。この子供の無邪気さ、明るさが大切なのだ。稲村村長も、にこにこして頷いている。

「芸能館の館長、鈴木宗平様」

鈴木さんが立ち上がって、お辞儀をする。

（鈴木さんは芸能館か。説明会の時には気づかなかったけど、こうして見ると芸能関係という感じがするな。狂言なんか似合いそうだ）

単に、狂言師の野村萬作似だから思ったことだ。

「奥様の佳枝様には、福祉館と食育館のサポートを申し出ていただきました」

佳枝さんが立ち上がってお辞儀をする。

綾香さんと美智子さんが、椅子の中から佳枝さんに向いてお辞儀をする。

(なるほど、福祉と食育は、幾ら手があっても足りないようだ。経験豊富な佳枝さんがいれば心強いだろう)

「最後になりましたが、科学館の館長は、ご存じの二宮尊志様です」

ご存じと言われた尊志は立ち上がって、二度目のお辞儀をした。

一度目と同様、拍手が起こった。

「暮らし館、並びにハイキングコース、道路、川等、緑風園施設全体の管理は、役場スタッフの野田信平が担当いたします」

信ちゃんが役場スタッフ席で立ち上がって、にこりと笑い、頭を下げた。

(緑風園の縁の下の力持ちというところか。信ちゃんならば、安心して任せられる)

「なお、ビジター館の管理を含めた総務一式は、わたくし金子昇《かねこのぼる》が務めさせていただきます。どうぞよろしくお願い致します」

(つまり、権藤園長の下に金子課長がいて、その下で信ちゃんと弘子ちゃんが実働するという形か)

「以上で、緑風園関係のスタッフ紹介は終わりですが、ここにおります、課長の斉藤《さいとう》伸夫《のぶお》と職員の田中静子《たなかしづこ》は、引き続き、役場の業務を担当致します」

二人が立ち上がって、頭を下げた。

斉藤課長は五十歳台、田中女史は四十歳台、といったところか。いずれもベテランクラスだ。なるほどこうして見ると、緑風園関係は若手スタッフで固めている。先の長い仕事になるということだ。

（この二人、それぞれ信ちゃんと弘子ちゃんの指導員だったのだろう。それにしても、この六人で風和村の切り盛りをしてきたのか。大変だったろうな。だが、これから益々大変になるぞ。なにせ、我々新人は地方行政などには無頓着なシロウト連中だからな）

人ごとのように考える尊志だったが、後にその大変さを、身をもって思い知ることになる。

「最後に、権藤助役に、緑風園の運営方針と進め方について、お話し頂きます」

権藤助役が立ち上がって、ゆっくりと壇上に上がる。こちらを向いて、いつものように深々とお辞儀をする。皆も深くお辞儀をした。

「みなさん、お久しぶりです」

権藤助役は皆を見渡した。

「こうして、みなさんとまたお会いできたことを、真にうれしく思います。末永く、お付き合い願いたく存じます。

緑風園の運営方針ということですが、稲村村長が言われたように、『風里農芸共資祭和』の八つの知恵を忘れずに、希望を持って明るく元気にやっていきましょう。なあに、住めば都と言います。人間到る処青山ありです。仲間がいれば、どんなことでもやっていけます。みなさんは、既に家族です。家族のためならば、どんな苦労もいとわないはずです。

私には夢があります。緑風園、そして風和村が笑顔でいっぱいになることです。どうか、みなさんのお力をお貸しください」

権藤助役は頭を下げた。盛大な拍手が起こった。

「あ、それから……」

席に戻りかけた権藤助役だったが、金子課長に何やら言われたようで、再び壇に上がり口を開いた。

小さな笑いが起こる。

「今週の金曜日から、さっそく学舎での学びを始めたいと思います。その前に、今日は月曜ですから、木曜までの三日間は、いわゆる導入学習を実施いたします。なあに、大したことはありません。風和村をよく知って貰ったり、周囲の環境を観察したり、研究館の運営方針を発表して貰ったり、そんなところです」

権藤助役は小さく頭を下げて、戻ろうとした。

「ち、ちょっと待ってください！」

美智子さんが声をあげた。

（よし、その調子だ！　美智子さん、頑張れ！）

え？　という風で権藤助役が立ち止まり、美智子さんを見た。

美智子さんが立ち上がった。

「権藤さんの最後の言葉にひっかかりました。何か、研究館の運営方針を発表するとか言われましたが……わたしたちが発表するんですか？」

「ええっ？」という声が、周囲から上がった。

「ああ、すみません。そのつもりでいます。いわば施政方針のようなものです。みなさんの自由な考えを発表していただければ、それで結構です。あとは、その方針をベースにして、細かい運営方針を積み上げていって頂きたいと思います」

（そう言えば宿題を渡されていた）

今、各研究館の担当スタッフが告げられたが、これは金子課長も言っていたように、事前に知らされていたことだ。実は、権藤さんが訪問に来たときに、運営方針を考えてきて欲しいと言われていたのだ。これは尊志に限ったことではなく、研究館の館長となる人には、それぞれ言い渡されていたに違いない。だが、就任早々、方針を発表させられるとは思わなかった。立ち上げの仕事をしながら二、三ヶ月じっくり考えて、きちんとまとめたものを発表するのかと考えていたのだ。

「着任早々、すぐ発表というのはかなり難しいと思います。何か、心構えのようなものでも良いのでしょうか？」

尊志が援護射撃を放った。美智子さんが尊志を見て微笑んだ。

稲村村長が声を発した。

「もちろん結構です。きちんとした資料を作る必要はありません。研究館をどう運営していくか、みなさんの考えを伺いたいということです。実際の運営は、その考えをベースにして、試行錯誤でやっていけば良いのですから。もちろん、われわれ役場スタッフも精一杯のサポートをします。ご安心ください」

「それを聞いて、安心しました」

そう言って、美智子さんは腰を下ろした。

権藤さんは、また深々と頭を下げて席に戻った。

鈴木課長が壇の横に立った。

「以上で、入所式を終了いたします。この後、みなさんには宿舎に戻っていただいて、これからの生活の準備をしていただきたく思います。食事は、月曜日から金曜日までは、食育館のレストランでとっていただくことができます。ただし、学舎でカリキュラムのある日は、土曜日でも朝食と昼食は出ます。日曜日は休館となりますので、申し訳ありませんが各自でお願いします。あ、それから、もちろん歓迎会は実施致します。木曜日の夜、辰背川荘で行います。詳しくは導入学習の時に、お知らせします」

皆、椅子の中で頷いている。

「では、起立！」

会場の全員が一斉に立ち上がった。

「礼！」

礼をして、散会となった。ただ、帰るところは皆一緒だ。マイクロバスが玄関前で待っている。自家用車で来た人は、そのまま車に乗り込む。

尊志はマイクロバスに乗り込んだ。説明会の時と同じような緑色を基調とした車体に、『緑風園』と描かれたバスだ。

乗り込むと、目をきらきらと輝かせた美智子さんが既に乗り込んで、皆と挨拶を交わしている。

「ああ、二宮さん！　これから、よろしくお願いしますね。二宮さんだけが頼りなんだから！」

社内に笑いが起き、さっそく名前と顔を覚えられてしまった。もっとも、尊志にとって新しい顔ぶれは、田多良氏と栞嬢だけであったが。安田夫妻と中野一家は、自家用車があった方が暮らし易いのだろう。緑風園の駐車場はビジター館建設予定地の後ろにあり、関係者ならばそこに駐めることができる。露天駐車場だが、綺麗に整備されている。

バスの車内は和気藹々とした雰囲気で、数分のドライブの後、緑風園の駐車場に着いた。

バスを降りる。そこから宿舎は目と鼻の先だ。暮らし館付属の体験住宅だが、前回訪問した時のように、ちゃんと一家で暮らせるよう設備が整えられている。

五棟の住宅が、一定の間隔を置いて整然と並んでいる。五メートルほどの間隔だ、説明会の時に権藤さんは、隣との間隔は十メートルは欲しいと言っていたが、それは実際の住宅の話であって、ここは緑風園の体験住宅だ。限られた敷地ではやむを得ない。

この五メートル幅の中に小径があり、緑風園内のメイン道路と繋がっている。また、この小径を通って、各棟の畑に出ることができる。畑は凡そ一〇〇坪。家の敷地と合わせると二〇〇坪ぐらいだろうか。体験住宅とはいえ、これだけの坪数があるのだから大したものだ。

新規移住者は全員、この体験住宅に入居することになる。住宅割りは既に決まっている。八家族十三人いるから、部屋割りならぬ、住宅割りが必要なのだ。

暮らし館から最も離れた棟、すなわち、薬草館に最も近い一号棟は、中野君一家、三名が入る。

二号棟は、鈴木さんと奥さんの一世帯。

三号棟は、綾香さん親子に美智子さんが加わる。美智子さんが、梨香ちゃんが寂しいだろうと同居を名乗り出たのだ。だが、むしろ、美智子さんの方が寂しいからだろうと尊志は思う。

四号棟は栞嬢と、安田氏の奥さんの恵美さんの二名。当初は、ここに美智子さんが含まれていたようだ。

五号館は残りの男ども、すなわち、尊志と田多良氏、安田氏の三名が入る。安田氏は奥さんと離れ離れになってしまうが、安田家で一棟を独占してしまうと男女混合の棟ができてしまうので、これは我慢してもらう他は無い。

「新婚でもないので、寂しいことはありません」

と安田氏が言ったものの、

「それは、新婚なら寂しいということね」

と、美智子さんに冷やかされて赤くなっていた。

いい人達ばかりで本当に良かった、と尊志は心から思った。この時ほど生善説を信じた時はなかった。

尊志は五号棟に入った。ここで一年間を暮らすことになる。荷物は、すでに運び込まれていた。といっても一世帯での入居ではないから、それほど荷物はない。布団に茶箪笥、テーブルぐらいだろうか。テレビは必要ならば買おうと思っている。尊志の部屋は、一応年長者ということで、最も玄関から遠い部屋になった。

庭に面した三部屋を各自の部屋に当てている。居間は北側の十畳間だ。隣に納戸がある。

各部屋は襖で仕切られてはいるものの、八畳間だから、それほど閉塞感は感じない。茶箪笥とテーブルを置いただけでは、むしろ寂しいくらいだ。家にあった書籍は、ほとんどを学舎付属の図書館に置いたので、本棚を置くまでもない。押し入れと洋服ダンスは、部屋の廊下側に備え付けてある。

尊志は、ごろりと畳に寝転がった。天井の格子が見える。まだ真新しい木の色だ。その下には、和式の蛍光灯が下がっている。

（ここで一年間の一人暮らしか。いや、一人暮らしは一年じゃきかないだろうな。悠里はまだ仕事をするだろうし、子供達も学校がある。あ、沙里は来年就職か……じゃあ、なおさら田舎には住めないな。まあ、この体験住宅にいた方が賑やかには違いない）

入村式と入所式という大きな行事を済ませたことでほっとしたのか、尊志はいつの間にか微睡んでいた。春の日差しが障子を通して差し込んでくる。

静かだ。車の音も聞こえない。鳥のさえずりが小さく聞こえてくる。

尊志は夢を見ていた。

家族四人で、この家に住んでいる夢だ。

二階から、沙里と舞里が下りてくる。あれ、この家に二階なんてあったかな。

二人は、そのまま、土間の向こうの作業部屋に入って行く。

そうか、もうすぐ節句だから人形を作るのか……何の脈絡もなく納得した。

居間には悠里と尊志の二人だけ。

おい、仕事に行かなくていいのかい？

あら、今日は日曜日よ。それに、街までは車で三十分だから通勤は楽よ。

山道は危ないから気をつけろよ。

何言ってるの、この前、バイパスができたじゃないの。車も少ないから安全そのものよ。

ああ、そうだった。バイパスができたんだ。でも、地下道の方がよかったな……

そこで目が醒めた。

(変な夢だったな。でも、なんか幸せだった。やはり、家族で暮らすのが一番なのだろうか?)

そんなことを思っていると、隣から声がかかった。隣は田多良氏の部屋だ。

「二宮さん、お目覚めでしたら、夕食に行きませんか?」

(え?　もうそんな時間か?)

慌てて時計を見る。六時だ。

(何!?　そんなに寝ていたのか!)

障子を夕暮れの陽光が照らしている。

「あ、行きましょう。いま、行きます」

食育館のレストランは、五十人程が座れるようになっている。テーブルの長い列が三列、縦に並んでいる。それぞれの列の両側に椅子が八脚ずつ置いてある。結構広いが、これではレストランというよりも、学校の食堂のようだ。

そう思って気が付いた。

（そのものズバリ、ここは里の学校の食堂だった！）

テーブルには既に他の移住者達が座って、食事をしている。尊志達三人が皆に挨拶すると、美智子さんが叫んだ。

「ああ、二宮さん。カウンターからおかずを取って、ご飯と味噌汁は自分でよそってね。セルフサービスよ！」

口では言ったものの、美智子さんはさっと立ち上がってカウンターに行き、三人にお盆を手渡す。さすがに主婦は動きが速い。

「この食事は美智子さんが作ったんですか？」

「まあ、そう。半分はね。本当は、村の主婦たちが集まって、ここで夕食を作るのよ。村の人もここで食べてもいいし、おかずだけ家に持って帰ってもいいのよ」

（なるほど、それは便利だ。ということは、ここで働く主婦達にも給料は出るのだろうか？）

「残念ながら、まだ、ボランティアの段階よ。みんな、村の暮らしを良くしたいのよ。だから積極的に手伝いに来てくれるの。早く、アルバイト程度には、お給料を出せるようにしたいわね」

（そのためには収入が必要だ。ああ、何処に行っても、お金、お金で、いやになってしまうな。これが近代資本主義の行き着いた先なのだろうか？）

そんなことを考えて、難しい顔をしていたのだろう。

「まあ、焦らずに、ゆっくりやっていきましょう。頑張れば、そのうち良くなっていくわよ」

（そう願いたいものだ。そういうことで、一足先に食育館は始動しているようだ）

「まあ、そうですね。ゆっくりやっていきましょう」

そう応えながら、食事を載せたお盆を持って、皆が座るテーブルに着く。

安田氏は奥さんに手を挙げて挨拶した。夫婦バラバラで食事というのも……それはそれで新鮮でいいかもしれない。

皆が座るテーブルは、三列の最も壁寄りだ。真ん中と窓側のテーブルが空いている。と思って見ていると、美智子さんが言うように、村の人達が現れた。二人の老夫婦だ。よく見ると何のことはない、権藤さんではないか。

「やあ、みなさん！」

権藤さんが、いつものように、にこやかに挨拶した。

側にいる奥さんらしき女性も一緒にお辞儀をする。

「あら、奥様ですか？」

尋ねたのは、もちろん美智子さんだ。

「ああ、家内です。よろしくお願いします」

権藤さんが言う。奥さんが軽く会釈をして微笑んだ。

白髪交じりのショートヘアで、権藤さんに劣らず人の良さそうな婦人だ。まあ、似合いの夫婦というところだろう。そこで思い出した。

(権藤さんのところは、奥さんが運転手だった)

そう思って見ると、服装と言い、なかなか活動的な奥さんだ。

だが、あまり詮索するのは失礼なので、尊志は食事に戻った。

その後も、老夫婦が二組ほどやってきた。結構、客がいるものだ。きっと、子供が都会に出てしまって、老夫婦二人だけだと寂しいのだろう。ここで、にぎやかに食べた方が健康にもいいのかもしれない。これも食育館の効用の一つだろう。

館長の美智子さんは、周りのご婦人達と賑やかに食事をしている。梨香ちゃんと菫ちゃんの二人も、仲良く隣に座って食事をしている。窓から差し込んでくる夕日が、食堂内をオレンジ色に染め上げている。

（ああ、なんか、いいな）

久々に故郷に戻ったような気分だ。

夕食後は、皆そろって宿舎に戻った。畑の側を歩くと、すでに畑が耕されているのがわかる。田圃も、もう水が引ける状態だ。

「これは、誰がやってるんですかね」

田多良氏が聞いてきた。

「ああ、ここは本来は僕がやらなきゃいけないんですが、まだ新米なもので、地元の農家の方々がやってくれてるんです」

会話を聞きつけた中野君が言った。

この田畑は農学館付属の田畑だ。館長の中野夫妻が、ここで農作物栽培の研究をする。ついでに、食育館で出す食事の材料も提供する。

宿舎に戻ると、風呂を沸かして、三人とも居間に集まった。これから一年間の当番など、色々と取り決めなければならない。といっても、大した問題があるわけではない。風呂当番は輪番制だ。食堂がないときの食事は、それぞれ自分で作る。たまには、三人一緒に鍋でもつつくのもいいだろう。しかし、これから夏に向かって、鍋の季節とは離れていく。冷蔵庫の中の場所割りも決めた。

台所に一台、テーブルを置くことにした。ここで食事をすればいい。皆、集まる時でもあれば、酒を交わすのも良いだろう。テーブルは、信ちゃんに頼めば準備してくれる。それから、居間にも一台テーブルがほしい。冬は炬燵になった方がいいだろう。暖房をどうするかは、その時になって考えれば良いことだ。

そう言えば囲炉裏があったのを思い出した。すっかり忘れていた。家の出入り時に見ているのだが、飾りのように見ていた。せっかくの囲炉裏だ、有効に使わなければならない。昔から囲炉裏には憧れていたはずなのだが、無いものねだりで、いざ使えるとなると面倒くさくなってしまう。これがいけないところだ。炭を熾すやり方も学ばないといけない。自在鉤は必須アイテムだ。

とは言うものの、これから暑くなってくるのだから、どうやって涼を取れば良いのかを考えるべきだろう。閉め切った部屋で冷房を利かせるのは好きではない。だが、都会では蒸し暑さに負けて、好き嫌いなど言っていられなかった。ここは、夏は冷房要らずと聞く。ただ、こればかりは住んでみないとわからない。人にはそれぞれ最適な温度というものがある。尊志は暑がりだから、冷房が必要になるかもしれない。これからの要検討事項だ。

誰もテレビを持ってきていないので、とても静かだ。時間も、ゆっくりと流れていく。これならば、好きな本を読むのにもってこいだ。

（ああ、本を持ってくれば良かった。でも、図書館に全部置いてきたからなあ。明日、何冊か持ってこよう）

暫く静かな時が流れていると、ピンポーンとチャイムが鳴った。鈴木さんがやってきた。

囲炉裏に火を入れたので、来ませんかということだった。行ってみると、中野君がすでに座っている。

お近づきに、男達だけで一杯、ということだった。

さすがは鈴木さん。年配者の心遣い、ありがたくお受けしたい。とは言うものの、奥さんは美智子さんに呼ばれて、実は鈴木さん一人なのだという。まだ八時を回ったところだし、暇だから囲炉裏に火を入れてみた、というところだろう。

どうも男どもは、女性陣の手の平の上で踊らされているという気もしたが、酒も竹筒の中で湯気を出していることだし、今夜は男子会を楽しむことにした。

それぞれ、自己紹介が始まる。

鈴木さんは七十歳、子供はすでに独立して、今は夫婦二人暮らし。定職にも就いていないので、思い切って移住することにしたという。かねてより、農のある暮らしを夢見ていたそうだ。ただ、家はまだ都内にあり、息子夫婦が住んでいる。なんでも鈴木さん、元は会社の重役だったらしく、趣味も豊富に持っている。能も、その一つらしい。そのため、芸能館の館長を申し出たのだという。ただ、郷土芸能にはそれほど詳しいわけではないので、芸能館の運営をどうしようかと悩んでいるそうだ。

鈴木さんの次は、歳の順からすれば、尊志の番だ。もと電機メーカー勤務で五十二歳。特に趣味は無いが、本が好きで、定年退職後は、まとめて読みたいと思って買い溜めしていた。移住したお陰で、意外に早く念願が果たせそうだ。

「しかし二宮さんは、科学館の館長というのは職業柄わかりますが、学舎の館長というのは、よく引き受けられましたなあ。いや、頭が下がる思いです」

鈴木さんが言った。

「いやあ、権藤さんに積極的に勧められて、特に深く考えもせずに引き受けてしまいました。館長といっても、ここでやる研修の企画が主な仕事ですから、それほど苦にはならないだろうと思います。権藤さんが言うには、学習カリキュラムの中で、工学技術のところだけが、どうしてもイメージがわかないので、そこのところを僕に助けと欲しいということでした」

「他は、講師も学習内容も決まっている、ということですか？」

中野君が問う。

「そうだと言っていました。気楽に考えてもらって結構だ、あとは大体決まっているからと、笑顔で説得されました。その笑顔に、つい、頷いてしまいました」

「権藤さんは、そういうの、上手そうですからね。まあ、それだけ誠実だということでしょう。私も、その口で、やられました」

そう言うのは田多良氏である。田多良氏は、奥さんと娘と息子の四人家族。今、四十歳で、高校の美術の講師をしていた。元々、美大を卒業して就職先に困っていたところ、丁度、地元の高校で講師の口があり、それ以来、本人に言わせれば、ずるずると今まで来てしまったらしい。奥さんは中学の教師で、子供もまだ小さいため、家族を残して単身で移住を決めたという。

「しかし、よく、決心されましたね。講師は辞められたんですか？」

「思い切って辞めることにしました。美大に入ったのも、伝統工芸に興味があったからなのですが、なかなか思うようにいかなくて」

「田多良さんは、先月の説明会の時には、おられましたかな？」

「いえ、説明会があったというのは、移住を決めてから初めて知ったのです。実は、権藤さんとは古くからの知り合いでして、今度、風和村で移住者を募集するからと、直接勧められて」

そうなのだ。尊志も偶然に、地元で説明会があることを知ったから、今、ここにいるのだ。そう考えると、縁というのは不思議なものだ。誰かが、空の上で糸を引いているとしか思えないことがある。

「それに、二宮さんという大変いい方がおられるので安心して移住するといい、ということでしたので……」

「わたしが？」

尊志が驚いた表情をしたので、田多良氏は言葉に詰まった。

「うむ、そうですな。わたしも二宮さんがいたから、移住を決意したようなものです」

「僕もそうです」

鈴木さんと中野君が、声を上げた。

「いやいや、僕なんて……」

これは決して謙遜して言っているのではない。尊志は、昔から、人に頼られるような人間ではなかった。学生の時も、会社でも、いつも、人の後から付いていくような性格なのだ。

尊志が返事に窮していると、

「それはきっと、二宮さんが経験を積まれて成長されたからでしょう。あんたには、人を安心させる何かが在る」

鈴木さんが助け船を出した。

「安心ですか?」

「うん、そうですね。僕もそう感じました。二宮さんの側にいると、何か、うまくいきそうな気がするんです」

どうも、なんと応えて良いかわからない。

「いいですね、そういうの。僕も、よろしくお願いします」

と言って、それまで黙っていた安田氏が口を開いた。

安田氏は三十二歳、私立大学で理学部の環境学科の助手を務めている。子供はいないので奥さん共々、移住することにしたらしい。

「奥さん、お仕事は大丈夫でしたか?」

「ええ、大学の頃は妻も同じ学科だったんですが、僕は大学に残って、妻は都内にある中学の教師になりました」

「ほう、それは大したもんだ」

「でも、都会暮らしがなかなか大変らしく、体を壊してしまって」

「それは大変でしたね」

「一年ほど休職していたんですが、今回の説明会で風和村を知って、妻の移住と共に僕も付いてきてしまったというところです」

「というと、奥さんは、あの説明会に来られていた？」

「ええ」

それは、ぜんぜん気づかなかった。というよりも、尊志が知り合った人の個性が強すぎたのだろう。

「残念ながら、見学会には参加できませんでしたが、風和村の説明を聞いて、すぐに移住したいと思ったそうです」

（ここもまた、権藤さんにほだされた口か）

「何よりも、風和村の信条が気に入ったそうです。いのちを育むというところが」

（立派な理由だ。俺に比べたら……）

「環境学科というと、やっぱり温暖化の問題とか研究されていたんですか」

中野君が実にいい質問をしてくれた。

「いや、僕の場合は、ビオトープみたいな地域の自然を保存するのが対象でして……」

「それじゃ、ぴったりじゃないですか!?」

「二宮さんにそう言っていただけると助かります。それで是非、ドローンを使った環境調査で助けていただきたいと思いまして」

「了解しました。僕も、環境調査は科学館の仕事でもあると思って、参考になる本をいくつか用意していたところです」

「それはありがたい。是非、お願いします」

「二宮さんは、ドローンとかＡＩとかには詳しいんですか？」

中野君が質問する。

「いやあ、実は製造業といっても研究所ですから、専門が特化されていて、意外に応用が利かないものです。でも、基礎は同じですから、何かあれば言ってください」

「実は、農にも情報技術を取り入れたいと思っていまして……土壌管理とか生育環境とか、いろいろと実験もしたいし」

「いいですね。じゃあ一緒に勉強しましょう。実は、会社の知り合いに、その辺りに詳しい人間がいるので」

「ほほほ……」

不意に、鈴木さんが笑い出した。

「いや、失礼。こうしてみると、当に適材適所、本当に偶然に集まったとは思えないですなあ。もしかしたら、これは権藤さんの謀かも知れませんな」

「権藤さんに……うまく謀られた？」

「みなさんも、権藤さんの訪問を受けられたでしょう」

四人が頷いた。

「ほれ、私もそうですが、どうも我々は権藤さんに選ばれたのではないでしょうかな？　緑風園の運営に相応しい人材として。この宿舎も、たった五棟で何十人もの移住者を受け入れるのは難しいでしょうから」

そうなのだ。女性も含めて、よくこれだけ最適な人材が集まったなと、尊志も感じてはいたのだ。中集落の住居も、まだ出来上がっていないし、もう二、三家族増えたら、どうするつもりだったのだろう、と思っていた。

多分、緑風園の始動に当たって、移住希望者の中から選抜したのだろう。そういう意味では、これは当に権藤さんの神の手だ。

「権藤さんという人は、どういう人なんでしょうか？」

それからは、権藤さんの経歴や人柄について、あれやこれやと会話が弾んだ。きっと、くしゃみを連発していたに違いない。

こうして、初日の夜は、まずまずの滑り出しとなった。

十時頃、奥さんが帰ってきたので、男子会もお開きとなった。

「では、また明日」

そう言って、鈴木さん宅を出た。三人揃って家の玄関を開ける。なんだか修学旅行のようだ。だが、まさにこれは修学旅行ならぬ、修学移住には違いない。

明日に備えて早く寝ることにした。

里の学校　緑風園

朝。鳥の声で目を覚ました。なんという爽やかな朝だろう。二人よりも先に起きたので、縁側の雨戸を開けた。さーっと朝の日差しが差し込んでくる。ここは南向きというよりも、南西に面しているようだ。だが、庭の東側は空いているので、朝の光を遮ることはない。

朝が早いということは実に良い。

台所に行って朝のコーヒーを入れた。テーブルも椅子もないので、縁側に座ってコーヒーを飲むことにした。

縁側に座ると、目の前に、ほぼ一〇〇坪の畑が広がっている。今は何も植わっていない、土だけだ。ここを耕して作物を育てる。自給生活の始まりだ。だが、尊志には何をどうして良いかわからない。尊志は東北の田舎町生まれだが、家は農家ではない。だから、鍬を持って土を耕したことなど一度もない。

この畑一面に作物が植わっていることを想像した。たわわに実った野菜や果実を収穫するのは楽しいだろうな。だが、そのためには、土作りから植え付け、草取りまで、汗をかく努力が必要なのだ。都会の生活は、スーパーで食料を買えば事足りた。しかしそれでは、食物のありがたさはちっとも伝わってこない。食物というのは、ただ座っていても降って湧いたりはしないのだ。誰かが汗水垂らして働いて、ようやく収穫できるものなのだ。だが、これが健康には一番いいと、尊志は思う。食物を育てる土が人間の体に悪いはずがない。ただ、農薬を使うのは、健康には良くない気がする。食べる人の健康だけでなく、作る人の健康にもである。

ちっちっと、鳥の声が聞こえる。庭先にある冬青《そよご》の枝に留まって鳴いている。梅の木もあるのだが、もう花は散ってしまった。梅の木に来るはずの鶯も寂しいことだろう。

（しかし、梅には鶯と誰が決めたのだろう。鶯もいい迷惑だ。そう言えば、あの鳥は鶯色をしているな。もしかしたら……いや、めじろかもしれない。めじろは見た目が鶯に似ているらしいから）

「おはようございます」

田多良氏が障子を開けて顔を出した。

「あ、おはようございます。すみません、起こしてしまいましたか？」

「いえ、いいんです。ここでは、早く起きようと思っていましたから。あまりにも静かなので、寝坊してしまいました」

「静かですよねえ。電車や車の音がまるでしない」

「本来の人の暮らしは、こうだったんですよねえ。これならば朝早く起きて、一仕事する気にもなる」

「なるほど、田多良さんは民芸館でしたね。窯入れの時なんて朝が早そうだ」

「いえ、畑仕事の方です。顔を洗うのと同じように、日課のように農作業がこなせれば、と思っているんです」

「それはいいですね。朝の一仕事か……都会では考えられないな。きっと、朝飯が美味いでしょうね」

「理想ですね。でも、我々は今、その理想の生活を手にしようとしている。あ、僕も朝のコーヒー飲みます」

　そう言って、田多良氏は顔を引っ込めた。

　二人揃って縁側でコーヒーをすすっていると、安田氏が寝ぼけ眼で起き出してきた。パジャマのままだ。

「早いですねえ。あ、コーヒーか、いいですね」

三人揃って縁側に並んで、コーヒーをすすっていると、

「おはようございます」

庭の端の方から声がした。

誰かと思って声のした方を見ると、なんと中野君が鍬を片手に立っていた。

「コーヒーの匂いがしたんで、どこかなと思って来てみたんです」

「え、中野さんは、もう一仕事やってきたの？」

朝の一仕事派の田多良氏が応えた。

「ええ。うちは所帯なものですから、早く畑で作物を取りたいと思いまして」

「それは偉いなあ。そうか、中野君は農学館の田畑もやらなきゃいけないから、大変だね」

安田氏は、中野君と歳が近いこともあって、気さくに話す。

「だから、家の畑は、なるべく早くに立ち上げたいと思って」

「そうだね。よし、僕も明日から畑仕事を始めよう」

田多良氏が声を上げる。

「でも田多良さん、うちは三人だから、一緒に畑仕事をしないといけないですよ」

「あ、そうか。すみません」

「いやいや、それはいい考えだ。是非、三人一緒に始めましょう。でも、やり方がわからないな」

「ああ、それは、学校で学びますよ」

「学校って……学舎での研修のこと？」

「はい。農学の授業の時に、土の作り方から始める予定です。移住者の畑は、移住者が自ら、授業に合わせて作っていくことになります」

「その口振りでは、中野君が先生をやるのかい？」

「ええ、農学館のスタッフが農学の講師をやるそうです」

「そうか。いや、ありがとう。僕は今初めて知ったよ」

それは、学舎の館長である尊志が、カリキュラムの一環として知っていなければならないことだ。

「じゃあ、それは、今日、説明されるんでしょう。まあ、シロウトの我々は、ゆっくりとやっていきましょう」

若い安田氏に諭されてしまった。

「朝食は六時三十分からやっているそうです。でも、八時までなので、早めに行った方がいいですよ」

中野君が言う。

「あ、そうか、朝食も出るんだ。え？　そうすると、美智子さんは」

「美智子さんを始め、女性陣は五時起きで朝食の準備をしているようです」

美智子さんは、もう既に、みんなから美智子さんと呼ばれている。すると、昨夜の女子会は、これからの作戦会議ということか。

「こりゃあ……縁側でのんびりとコーヒーなんか飲んでる場合じゃないね」

「大丈夫です。五時起きなんて、いつもより遅いくらいだから、なんの問題もないわよって、からからと笑っていました」

確かに、コロッケ屋の仕込みは朝早いだろう。それにしても美智子さんは豪傑だ。経験も豊富だし、まさに八犬士の頭目というところだ。

中野君が戻っていった後、三人とも素早く準備を済ませて、家を出た。まあ、男性陣は早朝出勤には慣れている。

食堂には七時過ぎに着いた。女性陣は、すでにテーブルを囲んで食事をしている。

「あら、早いわねえ。もっとゆっくりしてるのかと思ったわ。朝ご飯、準備できてるわよ」

美智子さんに言われて、そそくさとご飯をよそう。

席に着いて、食事をしようとしていると、

「あら、うちの人はまだかしら」

鈴木さんの奥さんに尋ねられた。

「いや、われわれ三人だけです。でも、中野君は……」

周りを見回してもいない。

「あ、うちは私が戻るまで、家で子供達を見ているんです」

子供達というのだから、梨香ちゃんと菫ちゃんの面倒を見ているということだ。朝のスケジュールは、すでにきっちりと決められているらしい。そこに、男達もいい意味で参加させられている。地に足が着いた生活とは、こういうものか。なるほど、これは都会の男性にはできないことだ。

「まったく、うちの人ったら、いつまでたっても会社勤めの習慣が抜けなくて。炊事洗濯は、誰かがやってくれるとばかり思ってるんだから」

鈴木さんの奥さんが言う。

まったく頭が上がらない。そのとおりだ。男は、すべて女性に頼りっきりだ。だから、仕事に打ち込むことができる。昔も、女性が家を守ってくれていたからこそ、男は、思う存分外に出て農作業をしていられたのだ。

鈴木さんが姿を現さないまま、朝食を終えて、学舎への道をぶらぶらと歩く。三人一緒だ。出かける準備はすでに済ませている。だから、これは出勤なのだ。三人とも言葉少なげだ。さきほどの鈴木さんの奥さんの言葉が身に染みたのだろう。

春の野原は実にいい。小川がさらさらと流れて、土手には菫や蓮華が咲き乱れている。穏やかな朝の日差しが暖かい。このまま昼寝、いや朝寝でもしたいくらいだ。

「おはようございます！」

後ろから声を掛けられた。振り向くと、信ちゃんだ。大きなリュックを背負っている。

「お、信ちゃん、早いねえ」

「皆さんこそ、早いですね。まだ、八時過ぎですよ」

「信ちゃんは、どうしてこんなに早いの」

「僕は、食堂を手伝って、学舎の鍵を開けて準備をする役目ですから」

（え？　食堂の手伝い？　すると、厨房では信ちゃんが働いていたのか？）

「そ、そう。それはご苦労様」

としか言えない。他の二人もそうだろう。ただ、笑顔で頷いているだけだ。

「おはようございます」

遠くから声がした。

見ると、食育館のあたりから、権藤さんが手を振っている。権藤さんも早い。何せ、権藤さんの家は中集落にあるのだ。あそこから車でやってきて、駐車場から歩いてくるということは、ずいぶん早くに起きているのだろう。まさか、信ちゃんと同じ、食堂を手伝っている訳ではあるまい。怖くて、確かめられなかった。

（そう言えば、権藤さんの所は奥さんが運転するんだった。もしかしたら歩いて来ているのかもしれない。するといったい、何時起きなんだ？）

みんな朝早くから働いているのに、この三人ときたら、朝のコーヒーを飲みながら縁側でのんびりして、朝食は食堂でとって、こうして真っ先に出勤している。そのために、いったいどれほどの人達が働いているのか、身につまされる思いだ。

「まったくうちの男どもときたら！」女性達の声が聞こえてきそうだ。

学舎が近づくと、信ちゃんが小走りに走っていって、玄関の鍵を開けた。

中に入ると、ちょっとしたホールの先に、二階へ上がる階段がある。一階の両翼には、スタッフの居室と大小の会議室があり、二階に教室がある。階段の後ろは宿泊棟に繋がっており、寝泊まりができるようになっている。ただし風呂はない。

「風呂はいずれ、作らないといけないでしょう」

いのだが。

と権藤さんは言うが、予算を考えると、なかなか難しいだろう。温泉でも出ればいいのだが。

(そうだ、温泉を掘るという手もあるな)

だが、こんな山奥で温泉が出るとも思えない。いや、失言。日本では、山奥の温泉を秘湯というのだ。日本には数え切れない程の秘湯がある。ここも例外ではないはずだ。これは、稲村村長に相談してみる価値はある。

とりあえず二階東側の教室に入る。ここが、今朝の集合場所になっているのだ。

部屋でのんびりしていると、権藤さんが入ってきた。

「おはようございます！」

「おはようございます」

さっき挨拶しただろうに、律儀な人だ。

「みなさん早いですね」

「いや、男連中は朝の仕事をしていないので、暇なんです」

三人を代表して尊志が言った。

「わたしも同じです。早く行けと家内にはっぱを掛けられまして。しかし春の朝はいいですな、清々しくて」

「全くです。ここにこうしていると、先週までのことが嘘のようです」

「わたしも、ここに来たてのころはそうでした」

「権藤さんは、いつ、こちらに？」

「丁度三年前ですね。ここも荒れ地でした」

「それを、ここまで」

「いやいや、みなさん手伝ってくれまして。夢がどんどん形になっていくのは実に楽しいですな」

昨夜の続きで、権藤さんには聞きたいことが山ほどあるのだが、そのうち女性陣も姿を現したので、止めにした。これから聞く機会は、それこそ山ほどある。

「おはようございます、権藤さん」

「おお、おはようございます。みなさん、お元気ですね」

「何言ってるの権藤さん、昨日の今日じゃない。それに、ここは、すごく快適ですよ。元気がわいてきます」

「本当に、こんな綺麗なところで暮らせるなんて、夢のようです」

美智子さんに追随して綾香さんが言う。梨香ちゃんの姿は見えない。

「梨香ちゃんは、どうしていますか？」

綾香さんに聞いてみた。

「あ、梨香は中野さんのところで、お世話になっています。同い年の女の子がいて、ほんとに助かりました」

「でも、中野さんのところは」

「ええ、お二人とも、こちらに出席するので、鈴木さんの奥様に面倒を見ていただくことになっています」

ここも、しっかりと計画されている。

「それはよかった」

「鈴木さんの奥様は、すでに福祉館のお手伝いをされているということですね」

権藤さんが言う。

「ええ、まったく頭が下がりますわ。食育館の手伝いもしていただいて」

美智子さんが言う。

本当に頭が下がる。男性陣は頭が下がりっぱなしだ。

そうこうするうちに、全員が教室に集まった。

安田氏の奥さんと、中野君の奥さんを入れて十二名。金子課長と信ちゃん、弘子ちゃんも出席している。

九時。金子課長が前に立って挨拶した。

「みなさん、おはようございます」

「おはようございまーす」

「最初の夜は、ぐっすり眠れましたか?」

皆、頷いている。

「これから三日間、導入学習を行います。と言っても、緑風園で初めてのことですから、われわれ役場スタッフも、皆さんと一緒に勉強させていただきたいと思います。どうぞよろしくお願いします。

三日間のスケジュールですが……」

教壇横のホワイトボードに、スケジュールが書かれている。

「本日、一日目の午前中は、この風和村の成り立ちと自然環境、社会環境について、学んでいただきます。午後は、風和村の実地見学。天気も良いようですので、お弁当を持って出かけたいと思います。これには、鈴木佳枝さんと中野菫ちゃん、新城梨香ちゃんも参加します」

(午後は、みんなで遠足か……楽しみだ)

「明日、二日目は、風和村での暮らしと緑風園の運営ついて、方針説明の後、みなさんで御討議いただきます。三日目は、その討議内容をベースにして、各研究館の館長さんより、運営方針を発表していただきます」

（来た！　ついに発表か！）

　尊志は気を引き締めた。会社では、よく発表の機会があったが、今度は研究館の責任者としての方針発表だ。

「なお、三日目の午後は早めに終了して、夜は懇親会を開催する予定です。場所は辰背川荘となります。これには、村長以下役場スタッフや風和村の住民の方々も、参加される予定です。カラオケはありませんが、美味い川魚が出ます。みなさん、楽しみにしていてください」

　金子課長の心は、すでに懇親会に向かっているようだ。皆、笑って拍手をした。

「それでは、風和村の成り立ちを、権藤助役にお話しいただきます」

　権藤助役が前に立った。

　弘子ちゃんが、プロジェクターのスイッチを入れて、パソコンの操作をする。

　壁のスクリーンに風和村の全景写真が映る。航空写真のようだ。

「みなさん、あらためて、おはようございます」

「おはようございます」

「ようこそ緑風園へ。熱烈に歓迎致します。実は、私は三年前に、この風和村に参りまして、そのころはまだ風和村という名前ではありませんでしたが、この緑風園の敷地などは無人で荒れ放題でした。ようやく、ここまでになったのかと思うと、まことに感無量です」

権藤さんは目頭を押さえた。拍手が起こる。

今日の日を迎えられたことが、よほど嬉しいのだろう。苦労は痛いほどわかる。

「失礼しました。これからが大変だというのに、感激してしまって……これが、我が風和村の全景写真です」

権藤さんが写真を見ながら説明する。

「風和村は、ご存じのように、山梨県と埼玉県の県境にある、辰背川の北側に開けた緩やかな斜面に作られた集落の集合体です。もともとは、今の中集落だけだったのですが、時とともに、その周りに大小の集落ができたようです。時代は江戸期の頃だったようですが、詳しいことはよく判っていません。なにせ山奥の集落で、文献なども残ってはいませんので。ただ、この緑風園のある西集落だけは、以前、お話ししたと思いますが、ある集団の隠れ里だったようです。隠れ里というのは、戦や政変などで中央に住めなくなった部族やら一族やらが、逃れて隠れ住んだ所です。従って、そこの住民は、かなり高い教養や技術を有していたと思われます。ですから、この緑風園のある西集落は、旧村の中でも最も良く土地が整備されていたようです」

「どちらが先だったのですかな。その中集落と隠れ里では？」

歴史に興味がありそうな鈴木さんが、質問した。

「そこのところも、はっきりしていませんが、隠れ里の方が早かったのではないでしょうか。室町末期や戦国期の戦乱を逃れてきた人たちが、人知れず住んだ所と考えますと、初めに隠れ里が出来たと考える方が、無理がありません」

「確かに、そうでしょうな」

「そのうちに、この地域にも人が住めることを聞きつけて、隠れ里の近くに集落ができてきた。隠れ里を出た人達が、近くに住みついたのかもしれませんね。やがて、中集落のような大きな集落になると、辰背川沿いの流域に、次々と集落ができるようになった。このあたりは山の中ですが、気候的には良いところです。水はあるし、平地もある。なにより土が良いということで、田畑を作って、農業も盛んだったようです。特産もありました。組紐です。辰背の組紐といえば、江戸や甲府の城下では、なかなかの人気だったそうですよ。

こうして、人も次第に集まり、村は出来上がっていきました。旧村の名前は、甲斐の辰背村と言いました。

ただ、明治期になって、西集落が廃れていったようなのです。原因はわかりません。作物が取れなくなったためだという話もあります。相当、森林が伐採されましたし、山崩れの跡もありましたから。もしかしたら、伐採のしすぎによる自然災害が原因だったのかもしれません。

流行病が原因ではないか、という人もいます。が、まあ、それはないでしょう。中集落にも、その後にできた東集落にも、流行病の記録はありませんから。ただ、隠れ里というと血の濃い集団ですから、ここだけに何か特別な病気が流行ったというようなことは、考えられますね。

そのようなわけで、旧村の辰背村は細々と存続していたのですが。戦後の高度成長期に、かなり多くの住民が、都市へと離れていったようです」

ここで権藤助役は、いったん話を切って皆を見渡した。

皆、静かに聞いている。戦後、何処の村でも過疎化というものが進んだようだ。ただ、どんな小さな村にも、過去から連綿と続く歴史がある。だから我々は、単に過疎化と一括りにせずに、その歴史を見直し、それを土台として、新しい歴史を積み重ねていかなければならないのだ。

「これが、現在の風和村の全景です。ここが辰背川ですね。その北側に、東西中の集落と、その後ろに、中小八つの集落があります。上の集落と一括りに呼んでいますが、各々に名前が付いていています。山中とか川上とか最上とか、まあ地形からきたものがほとんどですが、数軒から数十軒の家が、肩を寄せ合って暮らしています」

「さて、ここに一本、北から流れてくる川があります」

権藤助役は、中集落と東集落の間の、北から南へと続く細長い地形を示した。

「小虎川と言います」

「とら、というのは、動物の虎のことですか？」

「そうです。小さな川ですが、なかなか大した名前が付けられています。別に、この上流に虎が棲んでいるわけではありません。これが辰背川ですから、辰に対して虎という名前を付けたのでしょうか。小さい川なので、小虎、としたのでしょう」

この川は、北の山の中から流れ出て、辰背川へと注いでいる、辰背川の支流の一つと言って良いだろう。

「この上流に、ちょっと面白いところがあるのです」

なんだ？　と皆、画面に見入った。

権藤助役は、小虎川の上流の、山の中を指した。

「小虎川の上流には、幾つかの滝があります。秋には紅葉が美しい所です。その滝のある一帯は谷になっていますが、ここは、風の谷と呼ばれています」

風の谷とはまた……皆、面白そうに聞いている。

「何があるんですか？」

「いえ、ただ谷があるだけです。しかし、風の谷ですよ……きっと何かが住んでいるのでしょうね」

（風の一族でも住んでいるのだろうか？）

「村の人達も、この滝の近くまでは上がっていくのですが、風の谷には行こうとはしません。何故、行かないのかと聞いたところ、ここは神が住まうところだから、というわけです」

しんとしている。

「まあ、自然は豊かなところです」

期待させておいて、あっけない終わり方だった。確かに、それぞれの地域には、これ以上、人間が入ってはいけない神域という場所がある。この風の谷もその一つなのだろう。昔は、風葬という葬り方もあったそうだ。もしかしたら、ここもそうなのかもしれない。とすると、京都の鳥野辺に近い所かもしれない。風和村にも、こんな神秘の場所があるのかと思うだけで、ちょっぴり嬉しくなってしまう。あまり行きたいところではないが。

「そこにも、川が一本、流れているようですが」

安田氏が指を差して、地図の箇所を指し示す。

「ここですか？」

権藤助役が、緑風園の東側を指し示す。緑風園と中集落の間は森になっているが、ところどころ開けた場所がある。遠目に見ると、北の山から南に向かって、細長い線状の地形が見えるのだ。

「さすがですね。確かに、これは川です」

おおー、と言う声が上がる。

「ただ、残念ながら水は流れていません。涸れ川です」

「いつ頃まで流れていたんでしょう？」

「これもよく判りませんが、西集落の住民がいたころは流れていたようです。こちらは、今でも流れていますね」

そう言って権藤さんは、その西側を指し示した。これは、はっきり川とわかる水の流れが写っている。それは当然だ。この緑風園の中央を流れている川だからだ。この川も、辰背川に流れ込んでいる。

「この川は、名前がありませんでした。西集落の人しか知らない名前だったようなので、新しく、和の川と名付けました」

（和の川？）

「風和村の和からとった名前です。北に風の谷があって、西に和の川がある。いかにも、風和村という感じがするではありませんか」

（うーん。こじつけのような気もするが）

「質問があります」

手を挙げたのは栞さんだ。

「人が増えて、これらの集落で吸収できなくなったら、どうするんですか？」

（それは、まだ早すぎる心配ではないだろうか？）

「それは嬉しい悲鳴ですが、そうですね、その時には村を拡張しようと考えています」

そう言って、権藤助役は緑風園の西側を示した。そこには今、森が広がっている。

数か所、森が切れて平地が見えている箇所もある。

「ここは、森を拓けば、平地が広がっています。環境保全の観点から、自然の森は残しておくべきでしょうが、実は、この森には既に人の手が加わっています」

「隠れ里の人達ですか？」

「そうかもしれません。一時期、隠れ里の人口が増えて、この場所を切り開いたのかもしれません。ここは、中集落ほどの広さがありますから、一〇〇人規模で人が住めそうですね」

「人が増えるまでは、ここは、このままにしておくんですか？」

「大変に良いご質問ですね」

　権藤助役は、にこりと笑った。

「実は、私なりに活用方法を考えています」

　権藤助役は、緑風園の西側の、さらに上流部分を指し示した。

「ここは、辰背側の源流に近い部分です。この流域は流れが急で、水の量も豊富です。ですから、ここに発電所を作ろうと思います」

「ええっ!?　こんなところにダムを？」

「いやいや、ダムではなく発電所です。もう大がかりなダムは作れない時代ですから、新しい形の水力発電所を作ってはどうかと考えています。都市にまで電気を送るような大がかりな発電所ではありません。最低限、風和村の電力が賄える程度でよいと思います」

「なるほど……」

「緑風園ができたことで、これから、かなりの電気量が必要になると思われます。エネルギー対策として、考えておかなければなりません」

「太陽光発電は、どうなのですか?」

「それも、はい、考えてはいます。ただ、太陽光は農作物にとっては、必要欠くべからざるものであります。大切な農地を太陽光パネルで覆ってしまうことは、あまりやりたくはありません。家の屋根ぐらいならば良いでしょうが、私はむしろ、木質バイオマス発電が効果的だと考えています。ここは山の中です。木質資源は豊富にありますので、これを利用しない手はない。しかし、バイオマス発電というのは、林業との共存が重要です。林業で余った廃材を利用して、発電を行う。林業としては、製材工場や木質ペレット工場などが考えられますね」

「林業で、やっていけるんでしょうか?」

「大量生産の時代は、海外からの安い木材で、林業が立ちゆかなくなったところが多くありましたが、今は、暮らしのために木質資源を活用する、と考えればよいでしょう。家は木造にするとか、暖房は木質ペレットにするとか、使い道は豊富にあります」

「そうすると、辰背川の上流域に水力発電所を作って、その近くに製材工場や、木質ペレット工場を作るわけですね。そこと、緑風園の間は……とりあえず農地にする、ということですか？」

栞さんが続ける。

「それが一番良いと思うのですが、いかがでしょうか？　移住者が増えれば、この場所の農地の間に民家を建てればいいわけですから」

「しかし、壮大な話ですね。ずいぶんと先になりそうですが」

「そうですね。まずは、緑風園を立ち上げて、住民を増やしていくことが先決です」

「わかりました、ありがとうございます」

「さて、以上で、大凡の説明は終わりましたが、他に、ご質問はありますか？」

「さきほどの組紐ですが、今でも、やっておられる人は、いるのですかな？」

鈴木さんが質問した。

「いや、残念ながら、二世代前で、作る人が居なくなってしまったようです」

「それは残念。しかし、まだ技としては残っているんでしょうな。どこぞのご隠居が技を伝えているとか」

「そういうことでしたら、中集落の人で、そういう人がおられます。市で開かれる文化祭などに出品しておられるようです。もう九十歳に近い方ですから、伝承には直ぐに掛からないといけませんね」

「それは是非、伝承するべきです。風和村の特産になります。是非、民芸館で検討させてください」

　田多良氏が目を輝かせて発言した。

　権藤助役は大きく頷いた。

「他には……あ、二宮さん」

　尊志が手を挙げた。

「あの、唐突ですみませんが、ここでは、温泉なんかは出ないんでしょうか？」

　一瞬、座が静かになった。まさか、温泉の話が出ようとは、思ってもみなかったのだろう。

「それはいい。温泉があれば、村の絆を強くすることができますな」

　鈴木さんが助け船を出した。

「それはそうですね。いや、考えてもみませんでした。山梨県の中には、信玄の隠し湯というのがたくさんありますが、さすがの信玄も、ここまでは手が回らなかったようです」

「ああ、それは残念です。確かに、温泉があれば、村はここまで廃れはしませんね。あ、失礼しました」

「いやいや、全くその通りです。しかし、日本国中、掘れば温泉は出るそうですから、試してみる手はあると思います」

「しかし、掘削だけでも相当な費用がかかりますから、闇雲に掘るっていうのもどうかと思います。実は、僕も気になっていたんです。そこの、涸れ川がありますね」

安田氏が発言して、スクリーンを指差した。

「それ、もしかしたら、温泉が流れた跡ではないでしょうか？」

「え？　ここですか……うーん、どうでしょう。そういう話は、聞いたことがありませんが」

「西集落から最後の人が出る時に、温泉の出口を塞いだのではないでしょうか？　そう簡単に、川は涸れないものです。あるいは、温泉が涸れたので、西集落は没落したのかもしれません。その涸れ川は山の中に続いていますよね。もし自然湧出ならば、源泉は大抵、山の中にありますから、調べてみる価値はあると思います。これは、里山自然館の仕事ですね。温泉が出れば、生態系がかなり変わるはずですから」

「地熱発電なんていうのもありますね」

（それは、火山地帯でなければ無理だろう）

「温泉を利用した暖房とか炊事とか、そうそう温泉療養なんてのもありますね」

（それは、うん、あるだろう）

「福祉館にとって、温泉があれば強力な味方になります」

　綾香さんが発言した。

（確かに、老人にとって、温泉は強力な味方だろう）

「では、安田さん、よろしくお願いします。これは、希望が湧いてきましたね。いや、今まで希望がなかったわけではありません。ただ、ここに温泉が出れば、楽しみが増えると思ったものですから……温泉に頼りすぎてもいけませんね」

　そう言って、権藤助役は皆を見回した。

　誰も発言しないのを確かめると、気分を変えるように、顔を上げて言った。

「それでは、風和村の説明はこれくらいにして、さっそくハイキングに出かけましょう。こんないいお天気の日は、外に出て体を動かすのに限ります。晴耕雨読と言うではありませんか」

（まさに、それが理想だ。今までは、晴雨問わずの仕事だったからなあ。学舎での学びも雨の日だけ、というわけにはいかないか……)

「権藤助役、ハイキングではなく、村の現地視察です」

金子課長が訂正した。

「ああ、そうでしたね。これは、導入学習の一環でした」

権藤助役は金子課長に頭を下げた。

(しかし、風和村の説明を始めてから、まだ一時間しか経っていない。確かに、もう言うことはないかも知れないけど、まだ十時じゃないか)

「では、みなさん、参りましょう」

権藤助役の掛け声で、皆、席を立った。

外に出ると、既に、鈴木さんの奥さんと、梨香ちゃんと菫ちゃんが、玄関の前で待っていた。

(そうか、子供も一緒ならば、長く待たせておくのも問題だな)

外は、日差しが暖かい春の日である。空気が澄んで、草花のいい香りが漂ってくる。家の中にいたのではもったいない、まさにハイキング日和である。

天気に合わせてスケジュールを調整できる、というのが、ここでの暮らしの良いところだ。時間に追われない余裕のある暮らし、とでも言おうか。

料金受取人払郵便

新宿局承認

2523

差出有効期間
2025年3月
31日まで
(切手不要)

郵便はがき

1 6 0-8 7 9 1

1 4 1

東京都新宿区新宿1－10－1

(株)文芸社

愛読者カード係 行

ふりがな お名前			明治　大正 昭和　平成	年生　　歳
ふりがな ご住所	□□□-□□□□			性別 男・女
お電話 番　号	(書籍ご注文の際に必要です)	ご職業		
E-mail				
ご購読雑誌(複数可)		ご購読新聞	新聞	

最近読んでおもしろかった本や今後、とりあげてほしいテーマをお教えください。

ご自分の研究成果や経験、お考え等を出版してみたいというお気持ちはありますか。

ある　　ない　　内容・テーマ(　　　　　　　　　　　　)

現在完成した作品をお持ちですか。

ある　　ない　　ジャンル・原稿量(　　　　　　　　　　　　)

書　名				
お買上 書　店	都道 府県	市区 郡	書店名	書店
			ご購入日	年　　月　　日

本書をどこでお知りになりましたか?
1.書店店頭　2.知人にすすめられて　3.インターネット(サイト名　　　　　　　　)
4.DMハガキ　5.広告、記事を見て(新聞、雑誌名　　　　　　　　)

上の質問に関連して、ご購入の決め手となったのは?
1.タイトル　2.著者　3.内容　4.カバーデザイン　5.帯
その他ご自由にお書きください。
(　　　　　　　　　　　　　　　　)

本書についてのご意見、ご感想をお聞かせください。
①内容について

②カバー、タイトル、帯について

弊社Webサイトからもご意見、ご感想をお寄せいただけます。

ご協力ありがとうございました。
※お寄せいただいたご意見、ご感想は新聞広告等で匿名にて使わせていただくことがあります。
※お客様の個人情報は、小社からの連絡のみに使用します。社外に提供することは一切ありません。

■書籍のご注文は、お近くの書店または、ブックサービス(0120-29-9625)、セブンネットショッピング(http://7net.omni7.jp/)にお申し込み下さい。

玄関の前では、信ちゃんが、弁当とペットボトルを皆に配っている。ただし、ペットボトルは空だ。空のペットボトルを配る理由は、後で分かるだろう。準備してきたリュックに入れて、背中に背負う。

帽子を被って出発だ。この帽子は、日除けというよりも、落下物に対する対策だ。森の中では、木の実や木の枝など、いろいろな物が落ちてくる。頭を守るためには、帽子は必需品である。

「では、出発しまーす！」

金子課長を先頭に、皆がぞろぞろと歩いていく。殿《しんがり》は信ちゃんだ。

学舎から里山自然館の方角に向かって小径を歩いて行く。右手には、まだ水が張られていない田圃が広がる。

「ここを中野さん一人でやるのは大変だね」

「まあ、でも、家内も居ますし、休みの日には、みなさん手伝ってくれるそうですから」

「それはそうだけど、やっぱり、スタッフを増やした方がいいんじゃない？」

会話を聞いて、権藤助役が振り向いた。

「それはわたしも考えていたことです。村の人達で手伝ってもらえそうな方に、声を掛けています」

「それは、ありがたいです」

「水はいつ頃引くつもり？」

「この辺りだと、五月に入ってからだそうです」

「田植えは総勢でやらないといけませんね」

「よろしくお願いします」

「そうそう、ここで取れるお米は食育館で出すご飯になりますから、みなさん、しっかり働いてくださいね」

美智子さんの檄が飛ぶ。

鈴木さんが言う。

「田植え祭りもしないといけませんな」

「このあたりでは、そんなお祭りやるんですか？」

「うーん、昔はあったのかもしれませんが、今はやっていませんね」

金子課長が住民代表で答える。

「それは、是非、復活させましょう。五穀豊穣を祈る春祭りと、収穫を感謝する秋祭りは、やらないといけませんからな」

能や狂言などの古典芸能も、こういった祭りから生まれたものだという。

そんなことを話しながら、一行は里山自然館の裏手を回っていく。

「こんな道、あったんですね」

「ここは、ハイキングコースになっています。道も、整備し終えたところです」

金子課長が答える。

確かに、土の道だが、良く均されて草も刈られている。

森の中の道だが、ところどころ空が開けているところがある。木漏れ日の射す森の小径を歩く。まさにハイキングだ。

「この道は、どこに繋がってるんですか？」

「中集落を通って、東集落に続いています。その後ろにある、八つの小集落にも繋がっています。いずれは、学舎の裏を通って、西の方へも伸ばすつもりです」

「ああ、発電所に通じる道ですね」

「この道は、集落から緑風園への通勤には使えないんですか？　辰背川の側の県道を通るよりは、遥かに便利だと思うんですけど」

（確かに、集落から緑風園に通うことを考えれば、その方がいい）

「ええ、そうなんですが、やはり山道ですから危険が伴います。それに、車は通れませんから」

「電動カートのような乗り物があるといいんじゃないでしょうか？　よくゴルフ場で使う奴です。歩くよりも楽ですし、危険から身を守れます」

尊志が発言する。

「ああ、その手はありますね。ちょっと、道幅を広げる必要がありますが」

「いっそのこと、村中の乗り物を電動カートにしてはどうでしょう？　近くに発電所ができれば、電気は豊富に出来ますから」

「いいですね。西側に農地ができれば、東集落から通うのは大変ですから。二宮さん、何かいい手はありませんか？　電動カートを手に入れるのに」

何故、話を振られたのだろうと思ったが、なるほど、電気自動車と言えば科学館の仕事になるのだろう。

「そうですね……世の中はまさに、化石燃料から自然エネルギーへの転換期にありますから、小水力発電の電気を電動カートに活用して里の活性化を図る、という謳い文句で企業に提案すれば、格安で提供してくれるかもしれません。幾つか心当たりがあるので、やってみましょう」

「なるほど、それはいいですね」

「こういうときに二宮さんがおられるんで、大変に助かります」

　ここまで持ち上げられると、悪い気はしない。

　道は森の中を通り、空が開けた場所に出た。木も切り払われて、ちょっとした広場になっている。

「ここは、ハイキングの休憩所として作りました。木の切り株が椅子になります。切った木で、ベンチ付きテーブルを作りました」

「あ、水道もありますね。この水は？」

「湧き水を使っています。ここは、山からの湧き水が豊富にありますので、田圃にも引かれています」

「ただ、湧き水だと冷たいですから、一旦、温めないといけないですね」

「そうです、田圃に引く前に、いったん水を溜めておく必要があります。もし、温泉が出れば、大変に助かるのですが」

「硫黄泉でないことを祈ります」

　もうすっかり、温泉が出ることになっている。

　梨香ちゃんと菫ちゃんは、丸太で作った遊具で早速遊んでいる。

「いいわねえ、ここは。毎日ここに来ちゃいそう」

そう言って美智子さんは、お弁当を出して食べ始めた。

（え、もう食べても良いのだろうか）

「さあ、みなさんも、お弁当にしてください。もう、お昼になりますので」

十一時半だ。確かに、今、食べておいた方が良い。

それぞれ、切り株やらベンチに座って、弁当を食べ始めた。

「ああ、この水はうまい。さすがは山梨の伏流水ですね」

森が開けた空に太陽が照っている。本当にいい気持ちだ。弁当がうまい。

「ここは、どの辺りになるんですか？」

「ああ、丁度、緑風園と中集落の中間地点になります」

「というと、役場の裏あたり？」

「そうです。この真下が役場なんですが、役場は山を崩して整備した場所に建てられたので、ここの下は崖になります」

「ちょっと危ないですね」

「ええ、崖の上には柵を作ったんですが、進入禁止の立て札があった方がいいですね」

「というよりも、この道から外れるとちょっと危ないです」

弘子ちゃんが話す。よく、ここを歩いているということだろう。

「なんか獣が出るの？　熊は出ないって聞いたけど」

「ええ、熊は出ないんですが、猪とか鹿は出ます。鹿も結構、危険なんですよ。特に春先なんかは。それに、スズメバチにも気を付けないと」

「ああ、このあたりにもいそうだね」

「最近は気温が高いせいか、スズメバチも増えたようです。一度、スズメバチ退治をしなくてはと思っていました」

「それも、自然館の仕事ですね。でも、スズメバチも生態系の一部なんです。むやみに駆除してはいけないけれど、最近は生態系のバランスが崩れましたからね。もっとも、外来種は駆除した方がいいですね。逆に、生態系を破壊してしまいますから」

安田氏が言う。さすがは環境学科だ。自然に関しては、安田夫妻に任せておけば安心だ。

弘子ちゃんも、感心した顔で頷いている。

「そもそも外来種が増えたのも、人間が……」

「あなた！」

安田氏がさらに続けようとしたところで、恵美さんが止めた。

「すみません。この人、生態系の話になると、止まらなくて」

「いやいや、頼もしい限りで結構です。そういった知識というのは、こういう山里暮らしでは、大変に重要です」

権藤助役が言う。

「まさに、草木国土悉皆成仏ですなあ」

鈴木さんが、感心したように言う。

「全てのものに命がある。人もまた、自然の一部ということですな」

鈴木さんの言葉で、みな空を見上げた。何か、大きな宇宙の一部になったような心持ちだ。

深い空に子供達の笑い声が吸い込まれていく。

それから暫く休んだ後に、一行は再び出発した。時刻は、もう一時に近い。

もうこんな時間だ、のんびりしていると時間はあっという間に過ぎてしまう。だが、この時間という代物のお陰で、人間はせっかちになってしまったのかもしれない。

森の小径をさらに進むと、やがて森が切れて、集落に入った。

「ここが、中集落です」

森の道は、中集落の三分の二ほど上のところを通っている。道の下には棚田が広がり、家々が点在している。

各家は昔風の古民家がほとんどで、今風の新しい家は少ない。といっても、茅葺き屋根はあまり見あたらない。瓦かスレート葺きだ。各家の前には、都会では十分な広さの庭と畑があり、庭の脇には小さな小屋が立っている。

道の上側にも民家があるが、こちらには田圃はない。その分、家の前には斜面を利用した広い畑があり、果樹が植えられている。

その後ろは山だ。まさに今、山桜が咲き誇り、辺り一面、薄桃色の花で一杯だ。

美しい山里の風景に、皆、歓声を上げた。

「ここには現在、五〇世帯、約一五〇人が住んでいます。見て分かるように、あちこち、人の住んでいない民家があります」

人が住んでいるかどうか、見てもよく分からない。土地の人が見れば分かるのだろうが、都会から来た人間には、よく分からない。ただ、寂れた雰囲気というか、そういう家は確かにある。人が住んでいないと、こうして家自体も廃れていくのだろう。

「あ、あそこは、家を壊しているわ」

「ええ、あそこは、移住者に入っていただけるように、古民家を修復中です」

「田圃の一部も、畑に変えていますね」

「ああ、あれは輪作用です。通常、米は連作でも大丈夫なのですが、農地を有効に使うために、畑と水田を交互に入れ替えています」

金子課長が言う。

「それで、米が足りますか?」

「自分が食べる分だけ作ろうと思えばなんとか足ります。でも、大家族じゃ無理です。それに、毎日お米を食べないと気が済まないという人も」

これは、弘子ちゃんの発言だ。

この中集落の何処かに、弘子ちゃんの家もあるのだろう。

「そうよねえ。コロッケなら、毎日食べると飽きちゃうけど、お米は飽きないもんねえ」

コロッケに関してはプロの美智子さんが言う。

「各家の敷地に小屋が立ってますが、あれは鶏ですか?」

「そうです。動物性タンパク質は、鶏と川魚で取っています。昔は、これに猪や鹿も加わっていたようです」

今は狩りもしなくなったということだ。

「今じゃ、狩りなんていう危険を冒さなくても、電話一本で肉を配達してくれるしね」

「でも、狩りをしなくなったので、森の動物たちが里まで下りてくるようになりました。獣害も出るようになっています」

「人間と獣の境界が、あいまいになったということですね」

「それは人間が、森の管理をしなくなったからですよ。森の獣達の領域を使わせて貰っていたんですから。すべて、人間が悪いんです」

「ほらまた！」

奥さんに窘められて、安田氏はまた頭を掻いている。

「獣害対策というのは、何かやっているんですか？」

「一応、境界辺りに柵を立てていますが、効いてるんだかどうだか、わかりません」

「結構、猪に作物をやられた、と言う人も多くて」

「獣害対策は、かなり難しい問題です。しかし、人間と動物が森で共存していくためには、避けては通れない問題です。安田さん、是非、良い対策を考えてください」

権藤助役の言葉に、安田氏は目を輝かせて頷いている。

中集落を一回り見たところで、一行は、森の道をさらに東に進んだ。

中集落から東は、深い森が切り払われて、あちこちに大きな木が生えてはいるものの、見晴らしは良くなっている。

暫く歩くと川の音が聞こえてきた。

「これが、小虎川です」

橋が架かっている。石の橋だ。下には、幅が五メートルほどの川が流れている。かなり急流だ。

「この水は、さらに上流の風の谷から流れてきます」

「ああ、あの滝があるという」

「かなり急流ですね、水量も豊富だし」

「今は、雪解け水で増水しています。うっかり川に落ちないように、頑丈な石の橋に作り替えました」

「あ、この橋は最近架けた？」

「昔は、木の橋だったんです。台風なんかが来ると、結構、壊れたりして。でも、なかなか修理されなくて、中集落と東集落の行き来には苦労しました。わたしの子供のころですけど」

昔を思い出して、弘子ちゃんがしみじみと言う。

「しかし、これだけの水があれば、田圃には十分な量ですね」

「ええ、この川があるから、この里は保っているという事です」

「温泉ではないですね」

「残念ながら」

　笑いが上がった。

「しかし、急流だなあ。これは、風の谷の滝を是非見たくなった」

「風の谷に行くには、一山越えて奥山まで行かなきゃなりません。今日は難しいですが、そのうちに皆で行ってみましょう」

「二時間の山道ですよ」

「え、そんなに歩くの？」

　しかも上り坂である。直ぐ近くにあるのかと思っていた。それはそうだ、この森は山梨、埼玉、群馬の三県に跨って広がっている原生林だ。そう簡単に近づけるものではない。まさに、神の坐す山である。

　一行は、橋の手前で十字路を左に折れる。道端に、お地蔵さんが立っている。

　幅三メートルほどの道が、小虎川に沿って続いている。この道は、山の上から下の県道まで繋がっている。

「この道が、上の集落に行く道になります」

上の集落と言うからには、中集落や東集落は、下の集落となるのだろう。この道が上の集落にとっては唯一の生活道路ということだ。

「八つの集落がこの道の先に？」

「そうです。この先に、二、三十人ほどの小さい集落が散らばっています。これらの集落は、中集落より後にできたものです。中集落の人口が増えた時に、より上の山を拓いて住んだものと思われます」

道は、かなり急になった。道の周りの木々も覆い被さるようになり、山の中に入って行くという感じだ。

皆、寡黙になっている。だが、子供達は元気に駆け上がっていく。

子供達は大丈夫だが、鈴木さん夫妻は大丈夫だろうか、と見ると、なんと笑い合いながら楽々と歩いているではないか。

喘いでいるのは、尊志を含めて中年の男性陣だけのようだ。日頃の運動不足がたたっているのは間違いない。

「結構、時間がかかりますね。あと、どのくらいでしょう」

中年男性を代表して尊志が訪ねると、老年初期に当たる権藤助役は、笑顔で答えた。

「もうすぐです。どうです、二宮さん、運動不足が堪えているでしょう」

ズバリ、正解である。

「でも大丈夫ですよ。風和村で生活していれば、運動不足なんて直ぐに解消されます」

弘子ちゃんが溌剌とした声で言う。

「そうそう、特に男手は、いろんなところで必要になるから、運動不足だなんて言っていられないわよ」

美智子さんが同意する。これから先が思いやられる。

少し休みたいと思ったところで、また東西を走る道と交差した。今度は幅二メートルほどの細い道だ。そこを左折する。

「この先は、山中集落になります」

暫く歩くと、森が開けて平地が現れた。平地といっても、山の斜面を拓いた傾斜地だ。そこに、段々畑が作られて、民家が立っている。ただ、一軒ごとの敷地はかなり広い。畑と合わせると、三〇〇坪という感じだろうか。もしかしたら、権藤助役の言う三〇〇坪の賃貸住宅というのは、ここをモデルにしているのかもしれない。

そういう目で集落を眺めると、なるほど山の中だが、けっこう快適に暮らしているようだ。家の前に庭と畑があり、家の周りにはちょっとした林がある。庭にはやはり草を食んでいる。

鶏だろうか、小屋がある。山羊の小屋もあるようだ。今、子ヤギが小屋から出てきて

「あ、子ヤギ！」

梨香ちゃんが指差して叫ぶ。都会では決して見られない光景だ。

「ここのライフラインはどうしてるんですか？」

「三十年前までは、川の水を引いていたようですが、今は水道が通っています。ガスはプロパンガス、電気も通じています」

上を見上げると、なるほど、下から電線が通っている。

「やっぱり、山里はライフラインが肝心ですね」

「まさに命の綱ですね。しかし、昔の人は自然と共生して、よくやっていたと思いますよ」

「いろんな知恵があったんでしょうね」

「そうです。でも今は、そんな知恵も、どんどん忘れ去られています。それを忘れないように伝えていこうというのも、風和村の信条です」

皆、頷いている。こうして山里の暮らしを目の当たりにすると、いかに都会の暮らしが便利で快適かを思い知らされる。と同時に、人間本来の暮らし方とはどういうも

のなのか、考えずにはいられない。

南斜面に陽光が燦々と降り注いでいる。暖かい。山里の冬は、さぞかし厳しいことだろう。しかもライフラインのない昔は、想像を絶する厳しさだったに違いない。

これからがやっと楽しい季節の到来だ。これがあるからこそ、人は希望を持って冬を越すことができるのだろう。

山中集落で暫く休んだ後、道を戻り始めた。

「この山中集落は、中集落から最も近い集落です。この上に、さらに集落がありますが、どうします？　行ってみますか？」

権藤助役の問いかけに、みんなからの返事はない。中年男性陣は、明らかに、もう戻りたいと思っている。

「この上も、ここと似たような集落ですから、今日の所はいいのではないでしょうか？　それに、あまり時間もないので」

金子課長の言葉に、腕時計を見る。もう二時だ。

「ああ、もう二時ですね。そうだな、今日は戻る事にしましょう。風の谷は、次のハイキングの時に取っておいて」

一行は、細道の交差地点で右に折れて、山道を下っていく。

緑風園から続く森の道と交差する所で、左に折れる。今度は東集落に向かうのだ。山中集落に行くのと違って、東集落に行くのは、ずいぶんと楽だ。第一、上り坂がない。道は真っ直ぐ東に向かい、やがて、広々とした平地に出た。ここは、かなり広い。風和村で一番広い集落ではないか。

「ここが東集落です。ここは、昭和期になってから開拓された集落ですので。ライフラインもしっかりしています。もっとも、ガスは、やはりプロパンガスですが」

各家も、瓦屋根のしっかりした家が多い。さらに注目すべきは、棚田の畔が石垣でできていることだ。これだと、水の管理もしっかりできるし、自然災害にも強い。

「石垣ですね」

「そうですね。眺めも良いでしょう。この石は、ここを開拓したときに出てきた石のようです」

「そうか。そのころには重機もあっただろうから」

「ええ、それもあるでしょう。中集落では、地崩れで大分苦労したようです。そのため、東集落では、石垣を組むことにしたのだそうです。今後、中集落でも、石垣を組むことを計画しています。皆さんが入る敷地も、石垣作りになります」

「それはいい。楽しみですね」

「ここの人口はどれくらいですか？」

「現在、一五〇人ほどです」

「中集落と変わりませんね」

「ええ。ここの住民は昭和期に入ってきたのですが、高度経済成長で、都会に出て行った人も多いのです。やはり、先祖伝来の土地という感覚が薄いせいでしょうか」

確かにそれはあるだろう。だが、土地に縛られない生き方というのも、戦後になって可能になった選択肢ではないだろうか。どちらが良いとか悪いとかではない、要は生き方の多様性ということだ。

「質問があります」

手を挙げて発言したのは、栞さんだ。

「はい、安斉さん、なんでしょう」

今、山中集落に行く途中で、道の周りにたくさんの薬草が自生しているのが見えたんですけど、ここでは薬草採りなんかは盛んなのでしょうか？」

「そうですね……あまり聞かないなあ。僕は、虫取り専門だったから」

金子課長が首を捻る。

「昔は、よく採りに行ってましたよ、おばあちゃんと一緒に」

発言したのは弘子ちゃんだ。

「でも、そういうことを知ってるお年寄りが少なくなって、今ではほとんどされていません」

弘子ちゃんが寂しそうに言う。

「そうですね。そういう、自然の恵みを知っている人が減ってしまったのは、大きな損失ですね。それも、時代の流れなのでしょう。これからまた、そういう知恵を積み重ねていく必要があります。安斉さんに、大いに期待しています」

権藤助役の言葉に、栞さんは大きく頷いた。

「それに、山の幸もあるわよね。何も、畑で穫れるものだけじゃないのよ、食べ物は。山菜やら木の実やら、わたしが子供の頃なんて、よくアケビを取って食べたもんよ」

美智子さんが言う。当時の姿が思い浮かぶようだ。しかも、木に登っている姿が。

「あ、二宮さん、へんな姿、想像してるでしょ。でも、これからは、栞ちゃんが主役だから、助けてやってね」

美智子さんが、栞さんの背中をぽんと叩く。こうして見ると、まるで本物の親子のようだ。そのうち、お母さんと呼ぶのではないだろうか。

「よろしくお願いします」

栞さんが、尊志に向かってお辞儀をする。

「こちらこそ。美味いものをたくさん採ってきてください」

尊志も、お辞儀をする。

「いえ、わたしは薬草専門です」

「あ、そうでした。じゃあ、美味しい物は……」

「それは、二宮さんが採ってくるのよ」

また、笑いが起こった。

「服部さんが良いところで言ってくれました。山の幸のお土産があります」

「おみやげ?」

子供達が声を上げた。

「残念ながら、お菓子ではありません。バスの中に在りますから、あとで皆さんにお配りします」

「みんなの分あるって。すごいわね、さすが山里ね」

美智子さんの声を聞きながら、改めて、東集落を見回す。

造りは中集落とほとんど同じだが、ここは石垣が美しい。石垣積みだけでも、大した知識と技術が必要なのだろう。こういうところに、先人の知恵が生きているのだ。

そして、各家の周りにある防風林と田畑。

ここに夕日が射すのを思い浮かべると、子供の頃の田舎の風景が思い出されて、懐かしい。

やはり、ここに移住して良かった、と尊志はつくづく思った。まだまだ、これからやるべき事は山ほどあるが、ゆっくりとやっていけばいい。要は、幸せに生きていければいいのだ。いずれは悠里も呼ぶことになるだろう。いつになるかは分からないが。

何十年か先の暮らしぶりを思い浮かべて、集落を見渡す。何故か、いつまで見ていても飽きない眺めだ。広い集落の中で、数えるほどの人しか畑仕事をしていない。もう、午後も遅いから、すでに仕事を終えたのだろう。田圃には、まだ水が引かれていない。

「では、そろそろ、緑風園に戻る事にします。下のバス停に、マイクロバスが止まっていますので、そこまで下りましょう」

金子課長を先頭に、一行は川の側の道をぞろぞろと下りていく。近くで畑仕事をしていた人が、立ち上がって眺めている。

弘子ちゃんが手を振った。向こうも振り返す。こういうところが田舎の良さだ。

バス停には、例の緑色のマイクロバスが止まっていた。

風和村のバス停は、辰背川沿いの県道に三カ所ある。東集落と中集落の入り口、そして役場の広場が終点になる。緑風園には、まだバスは通っていない。いずれは緑風園と、その先の新西集落（これはまだ計画の段階だが）へも、行くようになるのだろう。

バスの本数は極めて少ない。午前二本、午後二本である。陸の孤島と呼ばれ、村の人口も減り、村へ来る用事も無くなった現在では、しかたのないことだ。これから緑風園が立ち上がり、さらに新しい集落もできれば、バスの本数も増えるだろう。だが、バスの本数が増えた方が、本当に良いのだろうか？　都会では、通りをバスがひっきりなしに走り、時間を気にしながら日常を過ごしていた。そんなところで暮らしていた尊志には、車も滅多に通らない今の状態の方が、はるかに住み心地が良く思える。確かに通勤には不便だが、ゆっくり歩いて通勤できる心の余裕の方が、体には良いと感じるのだ。

一行が乗り込んだところで、バスは緑風園に向けて出発した。この道は幾度か通ったが、今改めて帰り道を通っていくと、本当にここの住民になったのだと実感できる。皆もそうなのだろう、穏やかな顔で車窓を眺めている。山と川しか見えない車窓なのであるが。

緑風園の入り口にある駐車場でバスが止まった。

権藤助役が、助手席で立ち上がって挨拶する。

「みなさん、本日はお疲れ様でした。本日の予定は、これで終了です。明日は、これから緑風園をどう立ち上げてゆくかを、皆さんで討議していただきます。宿題はありませんが、本日学ばれた風和村の現状を思い出していただいて、各研究館の運営方針を考えてきていただければ、ありがたいと思います。では、解散します」

権藤助役は、お辞儀をした。

「お疲れ様でした」

皆も声を上げて、座席でお辞儀をした。

「あ、そうそう、忘れていました。お土産を持っていってください。バスを降りる時にお渡しします」

「大事なことを、忘れないでください！」

頭を掻く権藤助役に、みんなが笑顔を向けた。

「あ、これは筍だわ！　すごい立派！」

真っ先にお土産を手にした美智子さんが叫ぶ。

「風和村には、あちこちに竹林があるので、筍は春の名物です」

「じゃあ、秋は？」

期待の声が掛かる。

「もちろん、松茸です」

わーっという歓声と、拍手が起こった。

「赤松の林があるんですよ。場所は内緒です」

バスを降りると、緑風園に西日が射していた。西の山に日が沈もうとしている。田畑や木々が橙色に染まっている。川はきらきらと輝き、烏が三羽、山へと帰っていく。

まるで、絵に描いたような山里の光景だ。昔は、どこも、こんな光景が見られたのだろう。いや、今でも田舎へ行けば、こんな光景はたくさんあるのだ。都会に住んでいると気づかないだけなのだ。人間の生活は、基本的なところでは何も変わってはいない。

みんな同じ方向に歩いて行く。同じ宿舎だから当然だ。皆、言葉少なげだ。今日一日のことを思い出しているに違いない。宿舎の前で別れて、それぞれの棟へと帰っていく。

これから約一年、ここが我が住み処となるのだ。

翌朝九時、各研究館の館長を含めた十二名が学舎に集まった。

権藤助役が挨拶する。

「みなさん、おはようございます。今日は、お約束どおり、みなさんに討議をしていただきます。昨日学ばれた、風和村の現状や周りの自然環境を思い出していただいて、各研究館をどういう方針で立ち上げてゆくか、それを討議していただきます。

その前に、わたしの方から、風和村での暮らしと緑風園の運営ついて、少々お時間を頂いて説明したいと思います。

風和村の人口は、現在、約五〇〇人。中集落に一五〇人、東集落に一五〇人、北の八つの集落を合わせて二〇〇人、という内訳です。

暮らしは、棚田での米作りと畑での野菜づくり、果樹栽培、森での山菜や木の実採りなど、農を中心とした暮らしです。また、多くの家が、鶏や山羊を飼っています。狩猟や川での漁なども行われています。辰背川沿いに二軒の釣り民宿があり、これは村民が共同で経営している民宿で、大切な村の収入になっています。このように、一般的な山間部での暮らしと言って良いでしょう。

昔はこれで十分にやっていけたのでしょうが、通信や産業の発達と共に都市の文化が入ってくると、やはり今までの暮らし方では生活が困難になり、多くの人が都市に仕事を求めるようになりました。現在は、若い方は、ほとんどが都会で仕事に就いています。両親をこの村に残して、都会で生活している人もいます。

村自体は、電気、ガス、水道のライフラインも整っており、また道路交通もありますので、食料や生活用品に困ることはありません。

しかし、ここからが肝心なのですが、今の暮らしは何と言いますか、都会と同じ暮らし方を田舎で行っている、というだけに過ぎません。つまり、田舎は都会の衛星地のようになってしまっているのです。田舎は田舎なりの暮らし方があるはずです。いのちを育んで、自然と共生する暮らし方です。

そのために、この緑風園を作りました。

緑風園の目的は、この風和村で、田舎らしい、いのちを育む暮らしをどうやったら実践していけるのか、それを考えて実現していくことです。

緑風園は、大きく二つの仕組みから成り立っています。

学舎と研究館です。

学舎では、先人の知識を学びます。この知識をベースにして、里本来の暮らし方を研究し実践に繋げていくのが、各研究館の仕事です。ですから、緑風園で学び、また研究する内容は、暮らしに直接結びつくことでなくてはなりません。

そして、人間らしい暮らしの方法を、村内、村外、そして世界に発信していくことです」

「世界もですか?」

「そうです。せっかくの知恵を、風和村だけに閉じ込めておくのはもったいないことです。というよりも、もし、風和村の里づくりが進んでくれば、いやがおうでも世界の目が注目します。向こうから声が掛かってきます。暮らし方、生き方を見直さなければならないこの時代だからこそです。

ただ、わが緑風園としては、外部の声に惑わされることなく、地道に一歩一歩、歩んでいくことが大切です。また、変革には大胆さも必要です。大胆なアイデア、大いに結構です。みなさんが良いと思ったやり方で、是非進めていっていただきたいと思います。ただし、自分一人だけで決めてしまわないよう、注意してください。ここは共同体の村です。何事も、他の人の意見を聞き、同意を得た上で協力して進めていくことが肝心です。和の心を忘れないように」

権藤助役は、ここで一呼吸置いた。

質問は出ない。それは、皆、身に染みて解っていることだ。そのためにこの村に来たのだから。

「それでは討議に入りたいと思います。

まず、各館長さんに、今お考えの運営方針を、紙に纏めていただきます。あ、もう纏めておられている方もいますね。その方針について、各グループで討議していただきます。

館長さんが八名おられますので、八つのテーマで討議していただくことになります。

ここには今、十二名いますから、四人ずつ三つのグループに分けて、メンバーを入れ替えて四回、回すことにします。一回あたり二時間をかけて、三十分で一テーマ討議すれば、全員が各テーマを討議することができます。ちょっと短いかもしれませんが、テーマがはっきりしていれば、三十分で十分討議はできると思います」

「十二人って、権藤さんも討議に加わるんですか？」

「もちろん、わたしも緑風園のスタッフですから、討議に参加させていただきます」

「それは、ありがたいけど……ちょっと怖いわね」

「大丈夫です。わたしは、否定することはしません。みなさんにもお願いです。相手の考えを否定するようなことは、決してしないでください。人それぞれの考えがあります。それと同じに、目的が同じでも、そこへ至る道もまた様々です。

皆、それぞれの考えに従って試行錯誤しながら、最終地点に到るのです。たとえ失敗しても、それは長い道のりの中での失敗ですから、そのときには道を修正すればよいのです。失敗は成功の母というのは、まさに真言であると思います。ですから、相手の考えを否定するのではなく、その考えをいかにしたら成功に導けるか、みなさんで討議していただきたいのです」

「わかりました」

美智子さんが応えた。

それを見て、権藤助役がにっこり笑った。

「今、九時半ですね。では、十時まで、運営方針を纏めてください。十時になりましたら、討議を始めてください。グループ分けは、こちらで準備してあります」

スクリーンにグループ分けが表示された。午前一回、午後三回の計四回、メンバーがチェンジする。

「お昼休みは、十二時から一時まで。午後は三回まわすと七時になります。長丁場になりますが、今日だけですので、皆さん頑張ってください。

明日の午前中の時間に、本日の討議内容をベースにして、運営方針を修正してください。それを午後からの発表会で、発表していただきます。では、よろしくお願いします！」

権藤助役の掛け声で、各館長が運営方針を紙に書き始めた。すでに考えは纏まっているので、皆、メモを見ながら、すらすらと書いている。

その間に、四人の役場スタッフで、教室後方に四人掛けの島を三つ作っている。

十時のチャイムと同時に、皆、席を立って、それぞれの島に向かった。

討議開始である。


討議は、なかなかに白熱したものだった。時には大きな声が上がった。笑い声も上がった。白熱の中にも、和が籠もっていた。

午後七時、討議終了の時間が来た。

権藤助役が立ち上がって、前に出る。

「みなさん、本日は大変、お疲れ様でした。みなさんのおかげで、非常によい討議ができました。正直、これほどの討議ができるとは思っていませんでした」

権藤助役は、笑顔でみんなを見回している。

尊志も同感だった。

皆、希望してこの村に移住してきたわけだが、信念や信条などといった、そんな大それた考えは、あまり持ってはいないのではないかと思っていた。ところがどうして、大人しそうな綾香さんでさえ、自分の信念を情熱を込めて皆に語っているのだ。それに対する周りの意見や質問も、本当に真剣そのものだった。皆、この村を良くしようと考えている、いやそれ以前に、自分の暮らしを真剣に考えているということだ。ただ、そこには、みんながこれまでに経験してきたことが、大いに生かされているのだろう。生活の中で苦労したこと、疑問に思ったことが、土台となっているのだ。

そう思う尊志も、大いに信条を語った。それにまた、周りの人達が、よく話を聞いてくれた。おかげで、当初は思いも寄らなかった考えやアイデアが浮かんできた。こうして皆で討議するのもいいものだなと、会社では思いもしなかった感情が湧いてきた。

「朝に申しましたように、本日の討議内容をベースに、明日の午前中に方針を修正していただいて、午後の発表会で発表していただきます。これが、これからの各研究館の基本方針となりますので、みなさん、心を込めて取り組んでください。よろしくお願いします」

権藤助役の締めの挨拶で、皆立ち上がって散会となった。

翌日木曜日は、導入学習の最終日である。

午前中は運営方針の発表資料づくりに費やした。一枚の発表スライドを作るだけでも、これが額に入れられて研究館の玄関に掲げられるかもしれないことを思うと、おろそかにはできない。まあ、創業者の訓示ではないから、いつでも修正はできるという気楽さはあるけれども。

発表会場は、討議会と同じ学舎の教室だが、昨日のような島はもうなく、スクール形式の机の並びになっている。

中央前列に稲村村長が座り、その周囲に役場のスタッフが座っている。その後ろに各館長がいる。鈴木夫人や安田夫人、中野夫人の顔も見える。

この日ばかりは、梨香ちゃんや菫ちゃんも参加するという訳にはいかないので、住民の家で預かって貰っている。

「それでは早速、各研究館の館長さんから、運営方針を発表して頂きます。まず初めに、風和村の暮らしに最も重要な、農学館から。中野さん、よろしくお願いします」

中野君が立ち上がって、教壇に立つ。同時に、スクリーンに農学館の運営方針が映し出された。

「若輩者の僕からというのは恐縮ですが、発表させていただきます。

運営方針は、

『住民の暮らしに必須な衣食住としての「農」を守る』

です。守るという意味は、持続させるということです。毎朝、顔を洗って朝食を食べて、と同じように、日常生活の中に農を取り入れて、持続させてゆくにはどうすればよいか、これを研究して実践していきます。そのためには、技術開発も必要だし、教育の必要もあると思います。また、生活の負担にならないように、いかに経済的に農を進めていくかということも、大切なことになると思います。

化学肥料をふんだんに使って、農作業を機械化して、品質の良い作物を大量に作る。これは、農ではなく、農業であります。商品を売って収益を得る産業です。

僕は、有機農法が最もお金がかからずに、健康的で安全な作物が穫れると思いますが、そのためには土作りから始まって、相当な手間と時間がかかります。一年や二年では、きかないかもしれません。それでも、暮らしの中の農を持続させてゆくためには、これしか道は無いと思います。

鶏や山羊などの家畜は、卵や肉、乳を提供してくれることから、昔から農に取り入れられていますが、また、農の担い手としても重視されています。鶏は害虫を食べるし、山羊は雑草を食べてくれます。家畜の糞は最高の肥料になります。是非、家畜も風和村の農に取り入れたいと思います。ただ、これには臭いや騒音などの環境対策が必要となります。都会ではなく山里という環境が、これを助けてくれるはずです。

家族が年間に食するものですから、できるだけ多くの作物を育てることが肝要です。**どんな作物を、いつ、どのように育てるのが一番良いのか、その知識を住民に提供する**のが、農学館の第一の務めです。そのためには、各研究館との連携が必要になります。

土壌の性質や気候に関しては、里山自然館との連携が欠かせませんし、食物としての栄養価を考えれば、食育館からのアドバイスが必須です。また、食材を保存するための加工法なども、是非とも食育館に考えていただきたいことです。

農地の整備や農機具の使用には、科学館のアドバイスが必要ですし、農具という民芸品は日本中で作られていますが、これは民芸館にお願いしたいと思います。『箕』なんていうのは、最も優れた農具の一つだと思います。

そして芸能です。一年間の農作業の始めと終わりに、田の神を祭ったのが芸能の始まりと言われるように、祭りと芸能は農にとって欠かせないものだと考えます。農は、一年を一回りとして循環するものです。その区切り区切りに行事や祭りを行うことは、住民達の癒しになり、共同体としての絆を強めることになります。

さらに、第二の務めとして、**住民に安全で安心な食材を提供すること**も、農学館の重要な務めです。

農学館で収穫した作物を食育館に提供して、住民の食を支えていきたいと思います。また、農は豊作の年もあれば不作の年もあります。それは、村全体でも、また、各家々にも当てはまることです。そのために、少量多品種の有機農法を推奨するわけですが、それでも食に困った場合には、農学館の収穫が大きな助けになるはずです。

そのためには、農学館付属の農地で働く担い手が必要になります。これには是非、福祉館のお年寄りや子供達にもお願いしたいと思います。土に触れることは子供にとって大切ですし、なにより作物を育てて収穫するということが、自然と共生していく上での大切な学びになります。長野県のある村で、村全体で農作業を行うことで老人の病気罹患率が大幅に減少した、という新聞記事を目にしたことがあります。

薬草が山里の暮らしに必須であることは言うまでもありません。薬草館の推奨する薬草は、是非、農学館の農地でも栽培したいと思います。医食同源ですから、これを使った伝統食なんかを、是非、美智子さんに考えていただきたいと思います。

こうして見ると、農は、すべての研究館との強力な結びつきがあって初めて成り立つものであることが、よくわかります。よく、これだけの研究館を一カ所に集めていただけたものと、感謝しています。みなさん、よろしくお願いします」

深々と頭を下げて、中野君の発表が終わった。

拍手が起こった。風和村の理念や信条を、よく勉強している。

「ありがとうございました。ご意見、ご質問はありますか？」

稲村村長が、真っ先に手を挙げた。

「意見ではありませんが、今の中野さんの発表で大変印象的だったのは、研究館の連携という点です。中野さんが言われたように、まさにその目的のために、こうして各研究館を一つ所に纏めたのです。また、研究館の配置も、うまく連携が出来るように考えて配置してあります。どうか、これを有効に使っていただきたいと思います。中野さん、ありがとうございました」

「他にご意見は？」

美智子さんが手を挙げた。

「食育館からのお願いです。是非、季節の野菜を作ってください。野菜には、それぞれ適した栽培時期というのがあります。今は、ハウスものが世の中に出回って、野菜の季節感が無くなってしまいました。適した時期に収穫した野菜ほど栄養価が高いとわたしは思いますし、食育の点からだけでなく、季節の食材を使った伝統食を伝えることが、住民達の和を作る材料にもなると考えています」

美智子さん、なかなかうまいことを言う。

「もちろん、そのつもりです。風土に合った作物を作ることを、第一に考えていきたいと思います」


「では次に、農学館と密接な関係にある食育館の服部さん、よろしくお願いします」

「服部です、よろしくお願いします」

美智子さんは、壇上で深々とお辞儀をした。

「食育館の運営方針は、ずばり、

『住民の健康を守る食の提供』


です。

提供というのは、実際に食事を提供することでもあるし、「健康で文化的な食」というものの教育を提供することでもあります。

平成十七年に、食育基本法ができました。国民が健全な心身を培い、豊かな人間性を育むことが目的です。全くその通りだと思います。食は命を守ると同時に、心を養います。豊かな人間性を育むためには、食育が必須であると思います。

この基本法に則って、全国各地で様々な取り組みがなされています。また、各市町村は食育推進計画を作成して、食育を推進することを強く奨励されています。風和村でもその取り組みは必須ですが、その責務を食育館が担おうと思います。

では、具体的に何をしていくのか。

三つの項目に纏めました。

一つ、**健全な心身を培うための食の研究と提供**
二つ、**食生活改善のための住民指導**
三つ、**住民参加による食文化の継承**

まず食事の提供です。これには季節の地の食材が必要です。このためには、農学館と里山自然館、そして、薬草館との連携が必須です。医食同源というように、食材は薬でもありますから。

この食材を使って、地元の手料理をベースにして食事を作り、レストランで提供します。また、寝たきりのお年寄りや小さい子供のいるご家庭には、食事の配達も考えたいと思います。

食生活は、食材の選別や調理法だけでなく、食事の時間や量、種類、栄養バランスなどを総合的に考えなければいけません。それらを、住民参加の教室を開いて、指導していきたいと思います。ちなみに、私は調理士と栄養士、地域の食育推進委員もやっていましたので、腕に覚えはあります。任せてください。

三番目は、伝統食というものを伝えたいと思います。季節ごとの行事では伝統食がつきものです。風和村にもそういった伝統食が残っていると思います。それらを掘り起こして、村のお母さん達で再現し、各家庭の伝統料理として根付かせたいと思います。これには、民芸館や芸能館の協力も必要です。

以上のようなことを、あくまでも住民達で協力し合って、進めていきたいと思います。何事も、まずやってみることだと思います。これから、いろいろとうるさいと思いますけど、みなさんのご協力を、よろしくお願いします。これで終わります」

拍手が起こる前に、稲村村長が発言した。

「すばらしい。実は、食育計画を作らなけりゃいけない、と悩んでいたのですが、服部さんのお陰で助かります。そうですか、食育推進委員もやられていたというのは、頼もしい限りですね」

稲村村長は、尊敬のまなざしで美智子さんを見ている。

「学校給食で働いていたこともあって、その時に、推進委員になったんです」

「レストランで、料金はどうしますか？」

権藤助役が質問した。

「そうですねえ、できれば無料にしたいところですが、立ち上げ時期にはそうは行かないでしょう。食材もただで手に入るわけではありません。儲け無しで、料金をいただくのはどうでしょうか？」

「まずは、それでやってみましょうか」

「続いては薬草館の安斉さん、よろしくお願いします」

栞さんが登壇した。

「薬草館の運営方針は、これです。

『自然の恵みである薬草を暮らしに活かす』

薬草は、特別な草木のように思われがちですが、そうではありません。本当にいろんな植物が薬効を持っています。ただ、それを知らないために、生活に活かし切れていないのが現実だと思います。

ですから、まず、

薬草の種類と効能の知識

が第一です。

ただ、一口に効能と言っても様々です。煎じて飲んだり、食材として食事に取り入れたり、体に塗ったりして、解熱や鎮痛、消炎などに使います。また、心臓によいとか、胃腸によいとか、便通によいとか、体の各部位に効果があるとも言われます。このように、薬草の使い方によって実に様々な効能がありますので、一冊の事典になっているほどです。

ですから、それを全て覚えきれるものではありません。

身の回りで手に入る薬草の活かし方から始めたいと思います。そのために、住民参加の野山の散策を実施したいと思います。これには、安田さんのご協力が是非とも必要になりますので、よろしくお願いします。

医食同源という言葉がありますが、わたしは、**薬食同源**と言っています。食卓に上がる食物のほとんどが、なんらかの薬効を持っています。ただし、それが偏ったり、欠乏したりしてバランスを失うために、健康障害の元になっているのです。

精米した白米ばかりを食べていたために、ビタミンの欠乏で脚気にかかったり、寒い地方は塩分の摂りすぎで高血圧症の人が多いとか、いずれもバランスを欠いた食事が原因です。ですから、いかに薬草の効能を取り入れて、バランスのよい食事をとるかは、もっとも重要なことだと思います。野菜もまた薬草です。ここは、美智子さんの食育館と強く連携して、薬草をどのように調理して、食事に取り入れていくか。研究していきたいと思います。

最後に、わたしは、薬草館に**里の薬局**の機能をもたせたいと思います。

わたしは以前、薬剤師をやっていましたので、薬に関する知識はかなり持っているつもりです。そこで、身の回りでは手に入りにくい薬草を、薬草園で栽培し、住民のみなさんに提供したいと思います。そのときに、住民の方々の健康に関する悩みを聞ければ、いいアドバイスもできると思います。

街の病院に勤めていたときにつくづく思ったのですが、医者の処方箋の通りに薬を出すだけでは、生き甲斐が感じられませんでした。住民と触れ合いながら、みんなを健康にしたいというのが私の夢です。『魔女の宅急便』のキキのお母さんのように、村に溶け込んだ薬屋さんになれればいいなと思っています」

最後は、栞さんの笑顔で締めくくった。

盛大な拍手が起こった。

「いや、すばらしい！」

稲村村長が拍手をしながら叫んだ。

「風和村にも診療所は必要と思っていますが、今は、なかなか医者がみつかりません。いっそのこと、お医者さんが移住してくれればいいなと思っているのですが、里の薬局があれば、診療所とは違った民間医療ができると思います。いや、民間薬療と言った方がよいですね。まさに薬食同源ですね。是非、実現させてください」

続いて、安田さんの奥さん、恵美さんが手を挙げた。恵美さんは、里山自然館の副館長である。

「わたしも、住民参加の自然観察は、是非ともやりたいと考えています。栞さんにも加わっていただければ、効果百倍です。森の中にも、薬草を栽培する場所を作りましょう。その薬草にあった良い環境がきっと見つかるはずです。よろしくお願いします」

「こちらこそ、よろしくお願いします」

「続きまして、ただいま副館長がお話しになった、里山自然館です。安田さん、あ、旦那さんの方です、よろしくお願いします」

小さな笑いが起こった。安田氏が頭を掻きながら登壇した。

「里山自然館の運営方針は、

『里山の自然体系の調査・保全と活用』

であります。

月並みな方針ですが、わたしは、人が自然と共生して暮らしていくためには、これに尽きると思います。

そのためには、まず

風土の調査が第一であります。これは、権藤さんとも話し合ったことですが、是非、ドローンによる風土調査を実施したいと思います。風和村は小さい村ですが、ほとんど森の中に在ります。ですから、人による実地調査はなかなか大変で、年に数回実施できれば良い方でしょう。しかし、このところの世界的な気候変動の影響で、風和村の気候も激しく変動しており、ほぼ毎日の調査でないと対応しきれません。ドローン調査ならば、作物の種蒔き時期や田植え時期、天気予報などを、リアルタイムに提供することが出来ます。

ドローンから得た情報をＡＩを使って分析し管理するためには、最新の工学技術が必要です。是非、科学館の二宮さんのご協力をお願いします。

第二に、**森林資源の活用**です。

里山は、人の手が入った二次林ですから、原生林のまま残しておくわけではありません。

間伐や下草刈りなどの管理や、資源の活用が重要になります。林業は、今は休止状態だと聞きましたが、間伐材を活用した木質ペレットを製造したい、という話を聞きました。

また、先ほど副館長からあったように、自然観察をしながらの山菜採りや木の実拾い、椎茸栽培や松茸狩り、それから薬草探しですか、そういった暮らしに直結した活動も定期的に実施したいと思います。

そして第三に、**災害対策**と**獣害対策**です。

風土調査をして、自然災害や獣害のポテンシャルを摑んだならば、いち早く対策することが肝要です。これには、土木などのハード面の対策も必要ですし、住民への意識向上の働きかけといった、ソフト面の対策も必要になります。つまり、緑風園だけではなく、風和村全村をあげての対策が必要だということです。自分の身は自分で守るという意識が、常日頃から必要です。と、同時に、できるだけ住民同士協力して対策する、まさに和の心が大切だと思います。

これらの三項目以外にも、自然体系の知識の習得や森林の植生管理など、里山自然館としてやるべきことはまだまだありますが、まずは基本方針ということで、これらの三項目を挙げさせていただきました」

「森林資源の活用と災害・獣害対策は、風和村活性化の両輪と考えていますので、みなさんのご協力をよろしくお願いします」

稲村村長は後ろを向いて、全員に向かって声を掛けた。さらに、顔を戻して安田氏に言った。

「安田さんご夫妻には、是非、風和村の土台作りの中心となっていただきたいと思います。よろしくお願いします」

安田氏は、目をきらきらさせて、

「任せてください！」

と言った。

「ちょっと……」

と、安田夫人は言いかけたが、

「そうですね、わかりました。こちらこそよろしくお願いします」

と、立ち上がってお辞儀をした。


「では、福祉館の新城さん、お願いします」

「はい」

綾香さんは立ち上がって、胸を張って登壇した。三月の説明会の時は、若干猫背ぎみだったが、風和村に来て背筋が伸びたようだ。心境の変化があったに違いない。そう言えば、顔色も良さそうだ。

「福祉館の方針は、とにかく、

『老人と子供の幸せを育む』

ということです。

このために、福祉館として出来る限りのことをしたいと思います。

子供にとって、自然に囲まれて育つのが一番です。自然一杯の風和村で子育てが出来ることを感謝しています。また、子供の健全な成長のためには、大人の温かいまなざしが必要になります。それを、お年寄りの方々にお願いしたいと思います。また、それによってお年寄りも、生きる活力が得られると考えます。福祉館は、**子供と老人が一緒に生きる場**でありたいと思います。

主な活動としては、**老人、子供共同での農作業**の手伝いを行いたいと思います。これは、日課として、ほぼ毎日行います。

農作業によって、老人の健康年齢が上がったという事実もありますし、農のある暮らしを実践するためには、子供の頃から農作業に慣れ親しんでおく必要があります。というよりも、子供の頃からの日課として、各家庭の菜園での農作業の一員とならなければいけないと思います。

わたしは、ここに来る前は都内の街に住んでいましたが、月一回の町内会の清掃でさえ、子供達はほとんど出てきません。学校が休みでも、塾や習い事で忙しいのでしょうけど、それでは却って子供の成長には良くないと思います。助け合って、自分の住む街を良くしていく、そういう心を培ってやってこそ、共同体で生活する人間としての本当の育成だと思います。

そして、重要なのが、お年寄りの介護の問題です。風和村は特に老人が多い村ですから、体が動いて福祉館に来られる方は良いですが、そうでない方のために、**訪問介護**は是非やらせていただきたいと思います。ただ、そのためには、福祉館のスタッフが、きちんとした介護士の資格を持つ必要があると思います。わたし自身、保育士の資格はありますが、介護士の資格は持っていません。これから勉強して是非、取得したいと思っています。

福祉館のスタッフは、全員、保育士資格と介護士資格の取得を義務づけたいと思います。それは、福祉館に勤めていても可能だと思います。これは肩書きとしての資格ということではなく、きちんとした教育を受けて、技能を身に付けるということです。

介護士は、身の回りの世話だけでなく、栄養を考えて食事をさせたり、体の調子を見るのも役目です。その意味では、美智子さんの食育館や、琹さんの薬草館との強い連携が必要になると思います。これから、どうぞよろしくお願いします」

最後に、綾香さんは深く頭を下げた。

「伝統食を作るときにも、是非、お力を頂きたいわ」

美智子さんが言う。

「薬草園の面倒も、是非、見てください」

栞さんも声を上げる。

「子供の育成と老人の介護は、どこの村や町でも大きな課題となっています。風和村での取り組みは、必ず、外の地域のお手本になると思います。どうかよろしくお願いします」

稲村村長も、立ち上がって頭を下げた。


「次は、科学館の二宮さん、お待たせしました」

相変わらず期待されている尊志である。

皆の目を気にしながら登壇した。

「えー、二宮です。科学館の方針を発表します」

「待ってました！」

美智子さんが声を掛ける。たぶん美智子さんは、尊志のことを頼りがいのある弟のように思っているのだろう。

「科学館は、住民の暮らしの相談役でありたいと思います。

したがって、運営方針は、

『暮らしを守り、暮らしに活かす、科学技術の適用』


であります。

適用というのは、必要な時に、必要な所に、必要な科学技術を適用するということです。したがって、ここで、新しい技術を開発したり、新しい製品を作ったりするわけではありません。

科学技術を適用する所は、様々です。

学舎でのカリキュラムでも、土木工学から、機械工学、電気工学、情報工学があります。

さしあたって急を要するのは、安田さんの所のドローンでしょうか。どういったドローンを使って、どんなデータをとって、どんなＡＩを使って、どんな解析をすれば良いか、しっかり検討したいと思います。それから、発電所の建設ですね。建設の方は、私も専門外なのでプロに依頼する必要がありますが、村の暮らしに必要な電気量や公共の施設に使う分など、配分に関してはある程度のアドバイスはできると思います。そこから、発電所の規模や構造などが決まりますから。これらは、**公用の設備に関する、科学技術の適用**ということになります。

一方、暮らしに直結するものとしては、各家庭で使う電気製品や農機具があります。不具合が起これば、真っ先に暮らしの支障になります。その場合には、調査したり、修理したり、買い換えを勧めたり、といったことをする必要があります。訪問修理もしなければなりません。言ってみれば、**村の電気屋さん**ですね。こういった仕事も方針の一つとして挙げました。

したがって、科学館のスタッフには、科学技術に関する豊富な知識と経験が要求されます。そのため、スタッフ探しにも力を入れたいと思います。

ちょっと短いですが、要するに、風和村の電気屋さんになるのが目標です。各研究館のみなさんにも、いろいろと助けていただかなければなりませんので、どうぞよろしくお願いします」

「さすが二宮さんですね。簡潔で、よくわかりました。要は、これから実践面で勝負、ということでしょうか。木質ペレットの製造工場についても、良いアドバイスを、よろしくお願いします」

稲村村長が真っ先に発言した。

「あっ」

尊志は、額に手を当てた。

「それから、村の電気屋さん、大変、すばらしい考えと思います。痒いところに手が届くような、頼れる電気屋さんになってください」

「今の二宮さんのお話だと、スタッフ集めは大変そうですが、何か心当たりはありますか?」

権藤助役が質問した。

「今、製造業で働いている技術者は、定年後の就職口に困っている人が多いと思います。しかたなく、定年を過ぎても同じ職場で働く人が増えています。

しかし、製造業の減衰と社会へのＡＩの浸透によって、ますます働き口が減っているのが現状です。こういった人達をスタッフに迎えられれば良いと思います。ただ、あまり多くの人を入れて、科学館をやっていけるのかどうかが心配です」

「それは、スタッフの生活に必要な給料が十分に払えるかどうか、ということですね」

稲村村長が引き取った。

「他の研究館の立ち上げもあることだし、村として相当な資金が必要だと思うのですが」

「確かに、予算面で苦しいところはあります。しかし、何事も始めることが肝心です。予算のことは気にせずに、二宮さんのやりたいようにやってください。ただし、適材適所でお願いします」

「わかりました。ありがとうございます」

今度は尊志が頭を下げた。

「次に民芸館、田多良さん、お願いします」

「田多良です。民芸館は何をすれば良いのか、いろいろと悩みました。私自身、美大を卒業して、高校で美術の講師をしていましたが、高校で民芸を扱うことはほとんど無いため、民芸についてはシロウトの域を出ていません。ただ、民芸については興味もあり、個人的に勉強もしていました。

そこで、色々な方に相談して、結局、このような方針としました。

『地元の原材料を活かして、使い易く、美しい民具を提供する』

提供するというのは、民具自体を提供するだけでなく、その知識や作り方を提供して、住民にも民具を自作して貰うということです。幸い、ここの住宅には作業小屋が備わっていますので、製作作業は十分に可能です。

活動内容としては、**伝統的な民芸の復活と、新しい民芸の研究と創出**を考えています。

具体的な民具として、まず頭に浮かぶのは器です。日本各地に陶磁器や漆器などの民芸品がありますが、これは、その土地の材料を活かして、長い年月を掛けて培ってきた伝統工芸品でありますから、それと同じものを作れと言われても、おいそれと作れるものではありません。それに、この風和村の土が陶磁器にあっているかどうかも、調査する必要があります。このような長い年月が必要な民芸品は、新しい民芸の対象として、研究していきたいと思います。緑風園の敷地内に窯を作っていただけるそうですので、これはやりがいのある仕事です。

一方、この土地には昔から、辰背紐という組紐があります。これは是非、復活させたいものですが、昔は盛んだった製糸業が廃れてしまいましたので、材料となる生糸を手に入れるのが難しい状況になっています。従って、これは伝統文化として、後世に伝えていきたいと思います。

ここは山里ですので、森の恵みはふんだんにあります。竹や蔓で、籠や笊を編んだり、また、草木染めなどもできます。これらは、農のある暮らしの必需品です。各家庭で伝統的に作られてきたものが多いようですので、埋もれている伝統を発掘して、村の民芸として実用化させたいと思います。

また、民芸品には、荒物と呼ばれる掃除用品や台所用品などの日用雑貨があります。これらは地味ですが、実はすばらしいものが日本各地にあります。それらの情報を集めて、風和村の資源を使って、新しく作り出すということも民芸館の仕事だと思っています。

とにかく、民芸品は多種多様ですので、伝統を活かし、かつ、新しい技術を導入して、美しく、豊かな日常生活の実現を目指して、運営していきたいと思います」

「民芸は、農のある暮らしの要だと思います」

田多良氏の話が終わるやいなや、権藤助役が発言した。よほど話したくて、うずうずしていたのだろう。

「できるだけ身近なものを活用して暮らしを営むことが、経済的にも余裕のある暮らしに繋がります。と同時に、美しさ、というものが肝心です。田多良さんの運営方針にもありますように、美しい民具は、心を和ませてくれます。和の心です。美しいというのは単に色合いや形が美しいというのではなく、使って美しい、いわゆる用の美ですね。美しく、豊かな日常生活の実現を目指すのが、柳宗悦の興した民藝運動でしたね」

「はい。その美しさを自分で作り出すということが、豊かな暮らしには大切だと思います。食事でもそうですが、確かに美味しい食事を出されると心が豊かになりますが、自分で食材を集めて美味しい食事を作る家庭料理の方が、より心が豊かになると思います。二宮さんにお願いです。学舎のカリキュラムに、是非、民芸教室を設けてください。夏休みに小学生を対象にした、自然との共生を学ぶ夏の学校があるそうですが、こちらは、冬の農閑期を利用して住民達が民芸を学ぶ、冬の学校とでもなりましょうか」

「了解しました。ぜひ、実現させたいと思います」

尊志も心を込めて応えた。

「では、最後の発表になります。芸能館の鈴木さん、よろしくお願い致します」

年長者の鈴木さんに対しては、金子課長の言葉も、自然に丁寧になる。

鈴木さんは、ゆっくり立ち上がると、一歩一歩踏みしめるようにして壇上に向かった。

　一礼して、話し出す。

「鈴木です。最初の発表が一番若い中野さん、最後に一番年長のわたし、というのもなかなかに感慨深いものがあります。発表の前に、ひとこと申し上げたいことがあります。

　これまで発表された各研究館の館長さん、実にすばらしい発表でした。生き生きとして、生きているという実感が、わたしにも伝わってきました。この風和村という共同体のために、そして、お互いの暮らしをよりよくするために、誠心誠意、努力する。生きるとは、こういうことなのだなとつくづく感じ入りました。

　わたしもこの年になって、もういちど、生きているという実感を持ちたいと思っておりました。それが、このような機会を与えていただいて、大変に感謝しております」

　そう言って、前列の稲村村長、権藤助役に向かって頭を下げた。

　二人も、丁寧に頭を下げた。

「さて芸能館の運営方針は、

『和をつくる』

ということであります。

芸能というと、能とか狂言などの古典芸能を思い出しますが、踊りや唄、演奏などもまた芸能です。

芸能とは、そもそも、祭りで神に奉納する動作からきたものであると言われています。

「まつりごと」とは、祭祀権者が祭祀を行うことであり、そこから、主権者が領土・人民を統治する政治もまた、「まつりごと」と呼ばれます。

聖徳太子が、いみじくも「和をもって貴しと為し」と言われたように、まつりごとは和をつくることが目的なのだと思います。

風和村の理念の中に「祭り」があります。芸能館のミッションは、**芸能によって祭りを復活させることで、住民達の和を創り出す**ことだと心得ます。

日本では、一年を通じて季節や人生の節目に行事を行います。正月、節分、五節供、盆、彼岸、そして季節の祭り、この行事こそが祭りであります。

特に、農のある暮らしにとって、春と秋の祭りは大切です。春は山から田の神を呼び、豊年を祈願する。秋は豊作を祝って田の神を祀り、山に返す。循環する季節の節目に行う祭りこそ、農の源泉と言えるでしょう。この場合の神とは、自然の精霊や祖霊にあたります。宗教や宗派の違いはありません。

芸能館の活動内容としては、これら**季節の行事を村の行事として、芸能を伴って催す**ことを考えています。どの村や集落にも、古くから伝わる祭りや民俗芸能がありま す。それを発掘することから始めたいと思います。これは、村の老人達中心で行いま す。老人達で祭りと芸能を提案し、それを若者達が計画し実行することで、代々受け継がれていく。そこからまた、新しい風和村の芸能が生まれてくるのだと思います」

「ありがとうございました。ご意見やご質問はございませんか」

「是非、わたしも、その老人会に参加させてください」

稲村村長が手を挙げた。

「季節の行事は住民にとって無くてはならないものです。この行事があるから、一年を頑張れると言う人も居るくらいですから。それを、鈴木さんに主導していただけるとは、大変ありがたいことです。どうか、よろしくお願いします」

「わたしも参加させてください。人生の楽しみが増えました」

権藤助役も手を挙げた。

「それは願ってもないことです。ただ、老人会というのはあまり響きが良くないので、祭りの会とでもしましょう。

それから言い忘れましたが、季節の行事に伝統料理はつきものです。是非、食育館のご協力をお願いします」

「かしこまりました。こちらこそ、お願いします」

美智子さんが応える。

「福祉館の老人達も、是非、祭りの会に参加させてください」

綾香さんも声を上げる。

「もちろんです。ありがとうございます」

「以上で、すべての発表が終了いたしました」

金子課長が登壇して発言する。

「なお、暮らし館は、ビジター館とともに、役場スタッフが管理することになっております が、各研究館の成果を暮らしにフィードバックするのが役目です。同時に、住民の暮らしに関わる色々な困りごとや質問、意見を吸い上げて、各研究館に繋ぐのも仕事です。いわば緑風園の総務の役目が、暮らし館だと思っていただければよいと思います。

　それでは、最後に稲村村長、お願いします」

　金子課長と入れ替わりに、稲村村長が登壇した。

「みなさん、本日は大変ご苦労さまでした。みなさんの運営方針は、誠に身に染みて、深く感じ入りました。正直、風和村の立ち上げに、みなさんのような方々に参加していただいて、本当に心強く思っております。

　ただし、これからが正念場です。この方針を土台にして、詳細な運営計画を立てて、推進していっていただければありがたく存じます。本日発表していただいた方針は、初代館長の信条として、各研究館の入り口に飾らせていただきたいと思います」

「入り口ですか？　ちょっと恥ずかしいですね。館長室あたりにしません？」

「館長室がないもので、申し訳ありませんが」

「あ、そうか。わかりました」

　笑い声が上がり、場が和んだ。美智子さんは、いつの時もムードメーカーだ。これで気持ちよく導入学習を終えることができる。

「以上を持ちまして、導入学習を終了したいと思います。改めまして、みなさまのご協力を感謝いたします。

それでは、いったんここを散会して宿舎に戻っていただいて、六時に駐車場にお集まりください。辰背川荘には、バスで向かいます」

学舎からの帰り道、権藤助役が話しかけた。

「みなさん、お疲れ様でした。期末試験が終わったような、そんな気分でしょう」

「期末試験は大分昔だったので、若返った気分ですなあ」

「あら、わたしも同感です。久々に、頭を使ってすっきりしました」

「おう、それは、懇親会が楽しみですね」

「それじゃ、三味線でも持って行こうかしら」

「え？　美智子さん、三味線ができるんですか？」

「そう言えば美智子さん、以前は……」

「そう、水商売。しがない芸者ですけどね」

「しかし、大したものだ」

「あら、鈴木さんは、能をされるとお聞きしましたけど」

「おや、どこから……地獄耳ですなあ」

「お褒めにあずかりまして」

「はははは」

「懇親会では、何か余興をしなければいけないんでしょうか？」

安田氏が言う。

「いやいや、そんなことはありません。でも、やりたいという方は大歓迎です」

権藤助役が答えた。

「安心しました。僕は、自然観察しか能がないもので」

「そんなことはありませんよ。安田さんは趣味と実益を兼ねておられる。実にすばらしいことです。それではみなさん、後ほど」

権藤助役が別れて、駐車場へと向かう。奥さんが車で待っているのだろう。こんなとき、電動カートがあると大変便利なのだが。

（それもそのうちにか……これからが楽しみだ）

皆、和気藹々と宿舎へ向かった。

懇親会には、村長、助役以下役場の面々と、新しく移住した人達、村の住民代表が出席した。

辰背川荘の大広間は結構広く、五十人程度が楽に座れる広さがある。通常この部屋は、釣り客が大勢休憩する場所になるのだ。宿泊客用の部屋は別にある。

ここの売りは、新鮮な川魚と山菜をふんだんに使った、山里料理だ。

今夜は、この大広間に三十人ほどが集まり、車座になって座った。真ん中が広く空いているが、ここで余興をしたり、お酌をするために向かいの席に渡っていったりするのだ。

金子課長が立ち上がった。

「えー、それではみなさん、これより、風和村に新しく入られた方々の歓迎会、並びに緑風園船出の懇親会、そして風和村親睦会を始めたいと思います」

「ついでが多いぞ！」

住民代表から声が掛かった。

「初めに、稲村村長に、乾杯の音頭をとっていただきます」

稲村村長が立ち上がった。

「えー、新しく入村された皆さん、ようこそ風和村へ。ここは、世界中で一番良いところです。とまあ、たいていの歓迎会ではこういう切り出し方をしますが、要するに、どこでも住めば世界一の場所ということです。ただ最近の世界情勢では、そう思えない人達も増えています。自分の住む場所が世界一と思えないことほど、寂しいものはありません。みなさんには、世界中の全ての人がそう思える世の中になるように、この風和村から始めていっていただきたいと思います。また、住民のみなさんには、新しい方達を快く受け入れていただいて、誠にありがとうございます。これからは、お互いに協力し合って、いのちを育む里づくりに邁進していきましょう。では、よいですかな……乾杯！」

「かんぱーい！」

グラスの触れ合う音があちこちで響いた。

と同時に、早速、談笑が始まった。車座の中央を、ビール瓶を持った人達が渡っていく。

尊志は、会社での歓送迎会や懇親会で、このような場の経験は山ほどあったが、未だになじめずにいる。人とのコミュニケーションが苦手なだけでなく、酒も余り強くないため、進んで談笑するような性格ではないのだ。

「あの、どうぞ」

隣に座った栞さんがお酒を勧めてきた。

「あ、どうも、すみません」

栞さんは、にこにこと笑っている。こちらは談笑が得意なようだ。昨日の討議でも、積極的に話していたのを覚えている。はっきりと話すし、よく笑う。こんな、どこででもやっていけそうな人が、なぜこんな田舎に来ようと思ったのだろう。

見回せば、車座には新旧住民がバラバラに座っている。考えてみると、栞さん以外の人達とは、ある程度、個人的なことも話す機会があった。なかなか話す機会がなかった栞さんと、こうして隣り合わせに座ることになろうとは。

「栞さん、あ……安斉さんは、どうしてここに来ようと思ったのですか？」

返杯のビールを注ぎながら、尊志が尋ねる。

「栞と呼んでください。そうですね、特に、これといった理由はないんですけど、わたしの人生このままでいいのかな、なんて思っていたら、稲村さんからお声がかかって」

「誘われた？　稲村村長とお知り合いですか？」

「ええ、わたしの父と稲村さんが大学時代の友人なんです。風和村で薬剤師を探していると言われて。それに、田舎に住んで薬草のお店を持つのが夢でしたから」

「それは、よかったですねえ……まさに縁ですね」

「ええ、本当に。そういう二宮さんも、奥さんやお子様がいらっしゃるのに、よく決心されましたね。大企業の主幹研究員だったのに。奥さんに止められませんでした？」

「それが、逆に勧められましてね。今の仕事、合わないいんじゃないかって」

「いい奥さんですね。わたしもそんな奥さんになりたいわ」

酔っているのか、顔がかなり赤い。

「でもわたし、今日の鈴木さんの言葉には感動しました」

「ああ、生きているという実感……ですか」

「ええ、それを実は今、わたしも感じているんです。なんかこう、心がわくわく、体がむずむずする感じです」

「それはすごい」

「二宮さんは感じなかったんですか？」

「そう言えば……三日前の朝、家を出る時、こっちの山の方を見て、浮き浮きした気分になったかな」

「それですよ。生きているという実感」

「そうか……」

「お話が盛り上がっているようですね」

前方から声が掛かった。見ると、稲村村長がビール瓶を持って笑っている。

「あ、これはどうも」

尊志は、ビールを飲み干すと、コップを差し出した。

「二宮さん、本当にありがとうございます。おかげで、導入学習も無事終わりました」

「いえいえ、そんな、僕なんかが……」

「権藤さんから聞いていましたが、噂に違わぬお人ですな」

「いやいや……しかし、なぜそれほど僕を……」

「あなたは、ぴったりな人なんですよ、この風和村に」

「え？　どんなところが？」

「雰囲気がです。和やかで、それでいて、しっかりしている。会社を離れるに当たっては、相当引き留められたでしょうなあ」

「え、まあ」

実際は、引き留められなかった、というよりも、上長とは、引き留めてくれるような仲にはなかった。

「紹介したい方がいるのですが、ちょっと良いですかな」

稲村村長が向かいの席を指している。一緒に行こうということだ。

「安斉さん、二宮さんをお借りしますよ」

「どうぞどうぞ」

栞さんは、にこやかに送り出してくれた。尊志の方が赤くなるくらいだ。

尊志は稲村村長に連れられて、老人の前に座った。だが、その老人は、にこりともせずに尊志の顔を見ている。

「こちらは望月さん。村の長老のお一人です」

「あ、二宮です。よろしくお願いします」

尊志は頭を下げた。顔を上げると、なんと老人が笑っている。

「まあ、飲まんかね」

望月老人は新しいコップを差し出すと焼酎の瓶を持ち上げた。

コップになみなみと注ぐ。

せっかくの厚意なので、一気に飲み干そうとしたが、途中で止まってしまった。

「無理せんでもええ。そうかい、なるほど、この人ならばいい」

望月老人がにこにこと笑っている。

「あ、お注ぎします」

尊志は、老人のコップにも、なみなみと焼酎を注いだ。

「早く、この酒に合う器がほしいもんじゃなあ」

横を見ると、田多良氏が頭を掻いている。

「望月さんは、猟師をやっておられましてな。この村随一の鉄砲の名手です」

「村長、そないにおだてたらいかん」

「へえ、猟師とはすごいですねえ」

「まだ、そんな人がいたんですね」

田多良氏も感心したように言う。

「森を守るためには、猟師がいなけりゃいかん」

老人が言った。持論のようだ。この人の話をじっくり聞きたいと、尊志は思った。

「夏の学校で、望月さんの話を是非、子供達に聞かせてあげたいと思いましてね」

稲村村長の言葉で、話題は猟師の話になった。四人がその場で車座になって、焼酎片手に話に花を咲かせる。

会は、益々盛り上がっている。

ぺんぺん
音がした。

見ると、中央に美智子さんが三味線を持って座っている。

拍手が起こった。

弾き始めた。うまい！

（本当に持ってきたのか）

その側で、綾香さんが小唄を唄う。

（綾香さんまで……いい声だ）

皆、話を中断して、三味線と小唄に聴き入っている。

（ここに来て本当に良かった。もしもあのとき、ネットで見つけていなければ、どうなっていただろう？　そのまま転勤していただろうか？　少なくとも、ここには来ていないだろうな……縁とは不思議なものだ）

いつまでも続く楽の音を聴きながら、尊志は明日への希望で胸をふくらませていた。

基礎編に続く

付録：風和村　就業説明会 資料

資料1

いのちを育む里づくり

風和村 役場

背景：時代が変化の時を迎えている

① 全地球的な問題
- グローバル資本主義の限界（既存経済の破綻）
- ナショナリズムの台頭
- 地球温暖化

② 社会問題の噴出
- 少子高齢化・都市への一極集中による地域間格差・所得格差

③ 個人生活の変化
- 働き方改革・AIの出現による就業不安

『いのちを育む里づくり』による、新しい生き方の創出

『里』

- 『都市』に対する『里』を定義する
- 里と都市との役割分担を明確にする
- 異なる原理で成り立つ生活の場として、
  里と都市とを関係づける

『いのちを育む里』定義の三箇条

一つ　人が命の危険に晒されることなく、
健康的にも、文化的にも、経済的にも、
安心して暮らしていける場所

一つ　自然との関わり合いの中で、
子供を安心して育てていける場所

一つ　都市での暮らしに疲れても、
あるいは仕事に失敗しても、
人生の再起が図れる場所

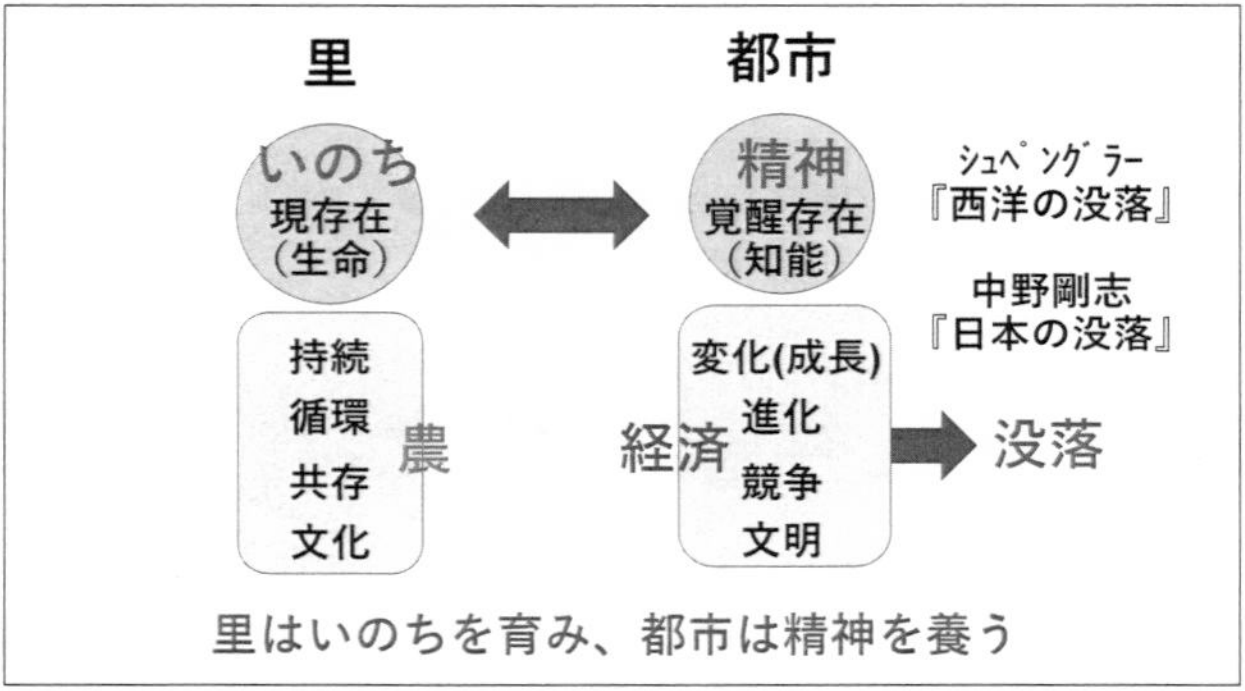

「農のある暮らし」を基盤とした「里づくり」構想

農のある暮らしとは

生活の一部として農を取り入れ、健康的な自給生活を実現し、
仕事として産業に従事し収入を得ることで、
社会的で文化的な暮らしを営む

農とは生活である。
産業でもなければ企業でもないし職業でもない。
耕すという事がもたらす収穫物で生活するのが、農である。
（守田志郎「小農はなぜ強いか」より）

「農のある暮らし」を基盤とした
「里づくり」構想

「農のある暮らし」**は**

- 自然との共生による、健康的で人間的な生き方
- 市場原理から切り離された、自給自足の生き方
- 個人それぞれの夢を追求し実現する生き方

を可能にする。

「農のある暮らし」を実践して、
「いのちを育む里づくり」を実現するのに
必要な八つの知恵

① 風土：**里の自然的基盤**
② 里山：**自然と人との関わり**
③ 農：**里の暮らし（食物）**
④ 民芸：**里の暮らし（日用品）**
⑤ 共同体：**人と人との関わり**
⑥ 社会的共通資本：**里の社会的基盤**
⑦ 祭り：**里の精神的基盤**
⑤ 和：**里の基本精神**

風和村
風里農芸共資祭和

風土

- 風土とは大気と大地の接触面「大気でも大地でもない、気候でも土質でもない、独立した接触面」であり、この接触面＝風土こそ「地域の個性」「地域の力」の源泉である。
- 自然的な特徴と郷土人の歴史的な努力が総合化され、さらに有機的に連関する「統一体としての風土＝地域」が形成されていくことこそが、求められる地域振興の道であり、個性的で魅力ある地域づくりである。

参考書　『風土の発見と創造』三澤勝衛

里山

- 里山とは、人間の文明と無関係な原始的な自然ではなく、人間と自然の関係が維持されるように、昔から人間の手が加えられてきた「二次的自然」であり、人間の文化とともに存在する自然である。
- 里山は「里」での暮らしに必須な、自然と人間との関わり
- 多様な主体の参加と協働による、自然資源と生態系サービスの持続可能で多機能な管理が必要

参考書　『里山学講義』村澤真保呂他（龍谷大学）

展望

参考書 『共

農（小農）

●暮らしを目的とし

●提

社会的共通資本

●ゆたかな経済生活を営み、すぐれた文化
人間的に魅力ある社会を安定的に維持する。
－このことを可能にする社会的装置が
「社会的共通資本」である。

然環境：土地、大気、土壌、水、森林、河川、海岸
的インフラストラクチャー：
上下水道、公共的な交通機関、電力、通信施設
：教育、医療、金融、司法、行政

共同体（コミュニティ）

- 人間が、それに対して何らかの帰属意識を持ち、かつその構成メンバーの間に一定の連帯ないし相互扶助（支え合い）の意識が働いているような集団
- 経済成長の時代が終わるとともに、個人の社会的孤立は深刻化している。「個人」が独立しつつ、いかにして新たなコミュニティを創造するかが、地球社会の今後を
する上での中心的課題となる。

同体の基礎理論』内山　節

を展開し、

参考書

社会的共通資本

●社会的共通資本は、たとえ私有ないしは私的管理が認められているような希少資源から構成されていたとしても、社会全体にとって共通の財産として、社会的な基準に従って管理される。

●具体的な構成は、先験的あるいは論理的基準に従って決められるものではなく、それぞれの国ないし地域の自然的、歴史的、文化的、社会的、経済的、技術的諸要因に依存して、政治的なプロセスを経て決められる。

参考書　『社会的共通資本』宇沢弘文

祭り

●血縁で結ばれている親族、同じ地域に住む居住者、また共通の言葉や習慣を持つ民族などの共同体は、集まって生命や生産を強化する目的で祈り、儀礼を行ってきた。そこに祭りの発生がある。

●祭りは、民間信仰と深い繋がりがあり、日本の場合、自然信仰と神道や仏教といった民間宗教が融合した民俗宗教をベースにしている。そのため、地域、地域で様々な祭りが催されている。

参考書　『日本の民俗　祭りと芸能』芳賀日出男

和の精神

●和とは異質のもの同士が調和し、共存すること
●和は間があってはじめて成り立つ
●間は異質なもの同士の対立をやわらげ、調和させ、共存させる、つまり、和を実現させる

［例］
・居住空間の間（イグネの防風林）
・10次産業：農業＋工業＋サービス業＋情報産業

参考書　『和の思想』長谷川櫂

資料2

風和村移住説明会

いのちを育む里づくり

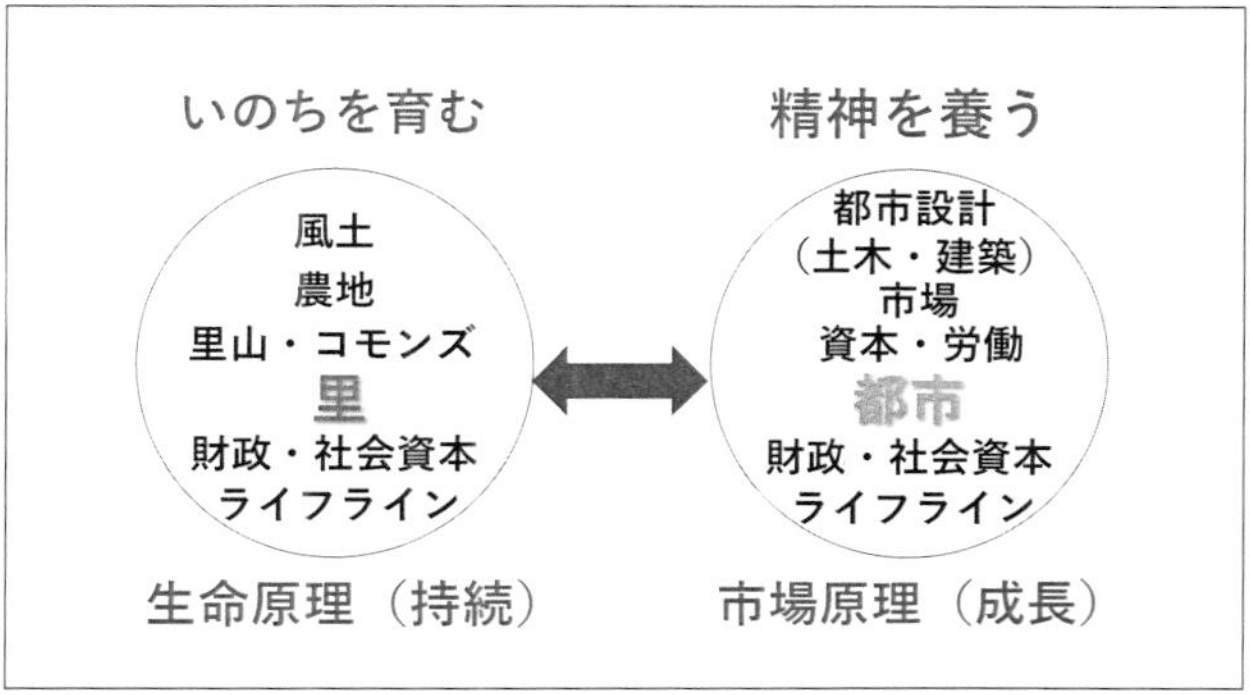

里の設計に必要な要素

1　住居とライフライン（水道、電気、ガス）
2　食料と生活用品：自給（農地）と購買（商店）
3　仕事：地場産業（10次産業）と企業誘致、村外への就業
4　共同体（コミュニティ、コモンズ）
5　社会的インフラ（農地、学校、病院、銀行、役所、他）
6　社会保障制度（育児、高齢者福祉サービス、他）
7　自然災害対策：風土の理解と土木工学の活用
8　自然との共生：鳥獣対策、里山資源の活用
9　都市との繋がり：「まち」が都市との窓口
10　和の精神と間の活用

「里の学校」カリキュラム

1日目	2日目
10:00-12:00　経済学 ①マクロ経済・ミクロ経済 ②地方財政学 ③社会的共通資本 ④コミュニティ	9:00-10:30　生活工学Ⅰ（ハード） 土木、機械、電気 10:40-12:10　生活工学Ⅱ（ソフト） 情報、IoT、AI
13:00-17:00　風土学、里山学 風土調査、里山仕事の実習あり	13:00-17:00　実践農学 専用農地での実習あり
18:00-21:00　夜間討議 （村民、里づくりメンバーの参加）	

「里の学校」付属研究館

里の暮らしに必要な各種技術・技能の伝承・開発を研究する施設。

① 農学館：農の研究（農地）
② 科学館：暮らしに必要な工学技術の伝承と開発（科学実験室）
　-土木、機械、電気、エネルギー、情報 (IoT, AI)
③ 里山自然館：自然との共生（風土調査、里山の保全）
④ 民芸館：民芸の伝承と創作（作業場、窯）
⑤ 食育館：食の研究と教育（レストラン、販売所）
⑥ 薬草館：薬の研究（薬草園）
⑦ 芸能館：民族芸能の維持、継承（演舞場）
⑧ 福祉館：育児、介護の研究（デイケアセンター）
⑨ 暮らし館：里の暮らし全般の研究（民家、農地付き住宅での体験宿泊）

里の学校『緑風園』

物事を成し遂げるには
信念とビジョンと情熱
が必要である。